Le fauteuil
de Grand-Mère

CHARLOTTE HERMAN

Le fauteuil
de Grand-Mère

TRADUIT DE L'ANGLAIS (ÉTATS-UNIS)
PAR ROLAND DELOUYA

ILLUSTRATIONS DE CLAIRE PERRET

Castor Poche

En souvenir de mes grand-mères,
Chana et Rivka.

Une précédente édition de ce texte a paru en 1980
dans la collection « Castor Poche ».

Titre original :
OUR SNOWMAN HAD OLIVE EYES

87, quai Panhard-et-Levassor – 75647 Paris Cedex 13
ISBN : 978-2-0812-6332-1

Les dents de Grand-Mère sont posées sur le rebord de la fenêtre. Elles sont posées là, au fond d'un verre d'Efferdent, et ont l'air de me regarder. Les dents de Grand-Mère, c'est ce que je vois en premier en me réveillant le matin et en dernier avant d'aller au lit. J'aimerais mieux qu'elle les mette derrière le rideau, comme ça je ne les verrais pas tout le temps, mais il n'est pas question de le lui dire : j'essaie de ne pas la froisser.

Maintenant, Grand-Mère habite avec nous mais, avant, elle vivait seule dans un petit appartement d'un immeuble de trois étages, à six pâtés de maisons de chez nous. Tous les samedis, ma mère, ma sœur Muriel et moi allions à pied jusque chez elle pour lui rendre visite. Je devais jouer avec Myron, qui habitait le troisième, je mangeais des Esquimau que l'épicier nous donnait gratuitement, parce qu'il aimait bien Grand-Mère. Quelquefois, je devais même passer la nuit sur le sofa. Grand-Mère appelle ça un sofa. Moi j'appelle ça un canapé.

Puis, un dimanche au petit déjeuner, ma mère a annoncé :

— Grand-Mère va venir vivre avec nous. Il lui est de plus en plus difficile de sortir pour faire ses courses et elle a besoin de quelqu'un pour veiller sur elle. Eh oui, elle se fait vieille, vous savez.

Grand-Mère, vieille ? Bien sûr qu'elle est vieille. Ce n'est pas nouveau. Je ne peux même pas me souvenir qu'elle ait jamais été jeune. Elle a toujours eu des cheveux gris et des rides sur la figure.

— Mais elle a toujours été vieille ! Alors pourquoi, tout d'un coup, elle vient chez nous ?

— Elle n'a pas toujours été vieille, a répondu maman. Elle en avait seulement l'air. Elle a travaillé dur pour élever sept enfants toute seule, quand ton grand-père est mort. Elle s'inquiétait tout le temps pour nous. Une personne jeune peut paraître vieille à cause des soucis.

— Mais venir ici ! Plus de promenade le samedi. Plus de Myron. Plus d'Esquimau. Et jamais plus de sofa !

— Idiote, a dit Muriel en reprenant un morceau de cake. Nous en avons, un sofa, dans le séjour.

— C'est un canapé ! ai-je répondu.

Papa faisait fondre une seconde cuillerée de sucre dans son café.

— Tu vas être ravie, comme moi, que Grand-Mère vive avec nous. On s'entend facilement avec elle.

— Sydney, attention au sucre. Pense à ton régime, a dit ma mère en buvant une gorgée de son café noir sans sucre.

Beurk !

— Mais où est-ce qu'elle dormira ? ai-je demandé en songeant à nos trois chambres, déjà occupées.

— Nous pensions, Sheila, que tu partagerais ta chambre avec Grand-Mère.

J'ai hurlé :

— Ma chambre ? Pourquoi *ma* chambre ? On vient d'emménager dans cette maison ! Je viens juste d'avoir une chambre à moi ! J'ai attendu dix ans pour en avoir une ! Et Muriel, alors ?

— Moi, j'ai attendu quinze ans pour avoir la mienne, m'a crié Muriel. D'ailleurs, je ne pense pas que Grand-Mère apprécierait mon décor.

La chambre de Muriel ressemble au quartier général des démocrates. Toutes sortes de photos de présidents démocrates, de sénateurs et de gros bonnets politiques tapissent les murs de sa chambre.

J'ai aussi quelques photos sur mes murs, mais pas autant que Muriel. Juste quelques portraits de compositeurs célèbres – Bach, Mozart et

Beethoven – que ma mère m'a offerts quand j'ai commencé à prendre des leçons de piano.

— Je ne comprends même pas comment toi, tu peux aimer ton décor. Ça ne te donne pas la chair de poule, tous ces regards qui te scrutent sans arrêt ?

— Pas le moins du monde. C'est une compagnie silencieuse.

— En fait, nous devrions vous mettre toutes les deux ensemble, a suggéré papa. Comme ça, Grand-Mère pourrait avoir sa chambre. Ce serait mieux pour elle.

— Tu veux dire NOUS, ensemble ! a gémi Muriel. Elle et moi ? Jamais de la vie ! J'ai besoin de mon intimité.

— C'est ce que je pensais que tu répondrais, a conclu papa.

Muriel a besoin d'intimité ! Elle reste enfermée dans sa chambre toute la journée à lire des livres – pas des romans – et des magazines, et à écrire son journal intime. Tout le temps. Maman et papa disent qu'elle deviendra probablement écrivain. Moi, je sais que ce n'est pas vrai. Je le lis, son journal. Ou, du moins, je le lisais, il n'y a pas encore longtemps. Muriel n'a pas d'imagination. Elle écrit des choses du genre :

8 h 15	*Nous avons eu des œufs brouillés pour le petit déjeuner.*
13 h 00	*Il pleut dehors.*
16 h 00	*Je viens juste de m'apercevoir que j'ai dépassé la date limite pour rendre mon livre à la bibliothèque.*
21 h 00	*Temps d'aller au lit. Bonne nuit.*

Enfin, comment peut-on devenir écrivain quand on écrit un journal pareil ? Elle n'a pas d'imagination dans d'autres domaines non plus. Une fois, en allant à la bibliothèque, je me suis arrêtée pour regarder le ciel, et j'ai vu deux chèvres poursuivies par une sorcière.

— Oh ! Muriel, regarde le ciel et dis-moi ce que tu vois.

Elle a levé les yeux.

— Des nuages. Allez, viens, nous sommes en retard.

— Alors, nous sommes d'accord, m'a dit maman. Grand-Mère couchera dans ta chambre.

Muriel a souri. Ça m'a rendue folle.

— Tu es toujours de son côté.

— Ne le prends pas comme ça, a dit papa. Si ça ne marche pas, Grand-Mère pourra toujours coucher dans notre chambre, avec ta mère et moi.

Il se balançait sur sa chaise en riant.

Je n'étais pas d'humeur à l'écouter, alors j'ai brusquement quitté la table et laissé Muriel se débrouiller avec la vaisselle.

J'ai passé ma veste et je suis sortie dans l'air de l'automne pour aller voir Rita. Rita habite deux pâtés de maisons plus loin, tout près de là où nous habitions lorsque nous n'avions que deux chambres. Chaque fois que Rita venait passer la nuit à la maison, nous étions obligées de coucher par terre dans la salle de séjour. Mais je lui ai toujours promis :

— Quand nous déménagerons, j'aurai ma chambre, avec un lit en plus. Tu pourras rester coucher tout le temps et ça sera chouette.

Nous avons déménagé il y a un an environ. J'ai eu ma chambre, et Rita est venue coucher dans le lit en plus, celui près de la porte.

Tout en marchant, je pensais à Grand-Mère qui allait vivre chez nous, me demandant comment ça allait être de l'avoir dans ma chambre. Je ne crois pas que ça m'embêtait vraiment. Elle est facile à vivre, comme dit papa. Elle est calme et affectueuse, et a toujours de bonnes intentions pour moi, comme de me donner trop à manger chaque fois que je vais la voir. Elle n'est pas autoritaire comme la grand-mère de Rita. Rita ne s'entend pas avec sa grand-mère. Elle la traite de vieille sorcière.

Je pense que ce qui m'embêtait le plus, c'était que Muriel était encore arrivée à ses fins. Comme lorsque nous avions emménagé. C'est d'abord Muriel qui a choisi sa chambre. Alors, bien sûr, elle a pris la plus grande. En fait, ça ne m'ennuie pas vraiment. Ma chambre est ensoleillée, confortable et elle donne sur la cour. Celle de Muriel est sur la rue, c'est tout ce qu'elle gagne. Mais, tout de même, c'est elle qui a eu le droit de choisir en premier.

En arrivant chez Rita, j'ai sonné. Elle a ouvert la porte et j'ai dit :

— Salut, Rita. J'ai l'impression que nous allons encore dormir par terre.

— Qu'est-ce que tu racontes ?

— Où est-ce qu'on peut en parler tranquillement ?

— Dehors, a-t-elle dit en décrochant un gilet dans le placard.

Nous nous sommes assises sur les marches du perron. Je lui ai dit que Grand-Mère se faisait vieille, qu'elle ne pouvait plus s'occuper d'elle-même, qu'elle était obligée de venir vivre avec nous et de partager ma chambre.

— Ma pauvre fille, a soupiré Rita. Elle va faire exactement comme ma grand-mère, qui va partout dans la maison et crie après tout le monde – comme une vieille sorcière – en se mêlant de tout, sans arrêt. Maintenant, tu vas avoir deux mères qui vont essayer de diriger ta vie. Attends, tu vas voir.

— Ma grand-mère n'est pas comme ça. Elle est vraiment très gentille. Je suis très contente qu'elle vienne chez nous, mais ça me fait quelque chose de lui céder la moitié de ma chambre. Et puis aussi, Myron va me manquer. Myron et les Esquimau.

— Enfin, tout change, Sheila.

— Ça, c'est sûr ! Mince alors, il va être long et glacé, cet hiver.

Chapitre 2

Grand-Mère a emménagé fin novembre. Elle est arrivée avec son fauteuil, quelques plantes et un sac en papier plein de photographies. C'est tout. À part, bien sûr, ses vêtements et ses chaussures. Tout le reste, ne pouvant trouver place chez nous, avait été soit vendu, soit donné.

Dès que la voiture s'est rangée devant la maison, Muriel et moi sommes sorties en courant pour accueillir Grand-Mère comme il se devait. Papa s'est chargé des valises, des plantes et du fauteuil, pendant que maman aidait Grand-Mère à sortir de la voiture. Grand-Mère serrait son sac de photos, l'enlaçant presque. Mais elle m'a tendu un bras quand je suis arrivée près d'elle.

— Grand-Mère ! Grand-Mère !

J'étais contente, malgré tout, de la voir.

— Sheila, ma chérie !

Et elle m'a attirée contre elle.

— Si nous rentrions nous installer confortablement ? a suggéré maman.

Muriel a pris une valise et posé un petit baiser poli sur la joue de Grand-Mère.

— Viens, Grand-Mère. Je vais te conduire à ta chambre.

Papa a transporté toutes les affaires dans la maison et les a posées par terre, au milieu de la chambre, et maman s'est affairée, montrant à Grand-Mère où les ranger.

— Alors, ma petite Sheila, on dirait que tu t'es trouvé une locataire, m'a dit Grand-Mère.

— Sheila est heureuse de t'avoir avec elle, n'est-ce pas, Sheila ? a répliqué maman.

— Bien sûr, Grand-Mère. Bien sûr que je le suis.

— Bon, que tout le monde sorte, a ordonné papa. Laissons à Grand-Mère quelques minutes pour s'installer avant le dîner.

— Je vais rester pour l'aider à défaire ses valises, ai-je proposé, impatiente de voir ce qu'il y avait dedans.

— Oh ! Sheila, je ne sais pas, a dit maman. Grand-Mère aimerait peut-être mieux rester seule pour l'instant. Je crois que tu ne devrais pas la déranger.

— Sheila ne me dérange jamais. J'aimerais beaucoup qu'elle reste avec moi.

— Eh bien, c'est entendu. Si tu es sûre qu'elle ne va pas t'épuiser.

— Quand elle commence à parler, c'est quelquefois difficile de l'arrêter, a ajouté papa.

— C'est bon d'avoir quelqu'un à qui parler. Et bon d'avoir quelqu'un pour m'aider à défaire mes valises.

21

— Je vais écrire dans ma chambre, a dit Muriel. Si tu as besoin de quelque chose, Grand-Mère, tu n'as qu'à m'appeler.

Bizarre comme les choses peuvent changer et s'inverser complètement. Avant, c'était Grand-Mère qui veillait sur moi. Le samedi, quand j'allais lui rendre visite, elle disait :

— Bon, qu'est-ce que je peux t'apporter à boire ? Un verre de lait peut-être ? Tu es sûre que tu ne veux pas faire une petite sieste après un aussi long trajet à pied ? Et si tu montais voir si Myron est chez lui ?

Mais aujourd'hui, c'était comme si Grand-Mère et moi avions changé de rôles. C'était elle qui venait chez moi, pour y vivre. Et je devais veiller sur elle. Alors, comme nous étions seules dans la chambre, je me suis sentie obligée de dire quelque chose. Seulement quoi ?

— Quelle valise veux-tu ouvrir d'abord, Grand-Mère ?

Elle ne m'a pas répondu. Elle restait là, à contempler la chambre puis son fauteuil, agrippée à son sac de photos, si étroitement qu'on aurait dit qu'elle ne le lâcherait jamais.

— Presque quatre-vingts ans... et c'est tout ce qui me reste, a-t-elle murmuré en secouant la tête.

Il y avait une tristesse si affreuse dans ses yeux que je lui ai demandé :

— Quel est le lit que tu aimerais avoir, Grand-Mère ? Tu peux choisir celui que tu voudras. Lequel tu aimerais, Grand-Mère ? Grand-Mère ?...

— Oh ! Sheila, ma chérie. Pardonne-moi. Tu me parlais ?

— Oui, Grand-Mère. Je te demandais quel lit tu aimerais avoir. Celui près de la porte ou celui près de la fenêtre ?

Elle a soupiré.

— Oh ! ça n'a pas d'importance. N'importe lequel fera l'affaire.

— Mais pour moi non plus, ça n'a pas d'importance, ai-je menti. Vas-y, choisis-en un.

J'ai regretté immédiatement ce que je venais de dire. Et si elle choisissait mon lit, celui près de la fenêtre ? Ma chambre a deux fenêtres et mon lit se trouve sous l'une d'elles. Juste à la bonne hauteur pour que je puisse voir dehors quand je me mets à genoux. J'adore, en me réveillant le matin, regarder par la fenêtre pour voir à quoi ressemble la journée, me trouver au bon endroit pour attraper un flocon de neige ou pour recueillir de l'eau de pluie dans une tasse – ou bien pour observer les moineaux en train de construire leur nid sous le climatiseur de la fenêtre d'en face.

Grand-Mère a regardé les deux lits, puis elle a dit :

— Eh bien, peut-être celui sous la fenêtre – si tu es sûre que ça t'est égal.

J'ai dégluti.

— Tout à fait sûre.

Grand-Mère a posé doucement le sac de photos sur mon lit... je veux dire *son* lit, puis elle s'est retournée pour me regarder.

— Sheila, ma chérie, souviens-toi : si jamais tu changes d'avis pour les lits, dis-le-moi. Après tout, c'est ta chambre.

— C'est ta chambre aussi, Grand-Mère.

Elle a hoché légèrement la tête et a regardé autour d'elle. Puis, presque pour elle-même, elle a dit :

— Oui, ma chambre aussi.

Elle s'est ensuite dirigée vers son fauteuil et s'est mise à le caresser. J'ai eu envie de lui demander pourquoi c'était ce fauteuil-là en particulier qu'elle avait choisi d'apporter. En fait, je le trouvais assez laid, avec ses bras épais, énormes, qui remontaient pour former les côtés. Le velours côtelé rouge était élimé, usé jusqu'à la corde. Je ne l'avais jamais beaucoup aimé. Il y avait d'autres fauteuils dans l'appartement de Grand-Mère. De plus jolis. Pourquoi celui-là ? J'ai eu envie de le lui demander. Mais je n'ai rien dit.

— Où penses-tu qu'on devrait mettre le fauteuil ?

— Que dirais-tu de cet endroit-là ? (Elle pointait le doigt vers le coin de la chambre.) Ça me permettrait de m'asseoir et de regarder par la fenêtre quand j'en aurais le temps !

— Bonne idée !

Alors nous avons traîné le fauteuil jusqu'à la fenêtre. Puis nous nous sommes attaquées aux valises. J'ai été déçue de découvrir qu'il n'y avait que des vêtements ordinaires, des sous-vêtements et beaucoup de petites robes fleuries. Je suppose que je ne m'attendais pas à autre chose, mais j'étais quand même déçue sans savoir pourquoi.

J'ai partagé avec Grand-Mère tout ce qui m'appartenait : en plus de la moitié de ma chambre, elle a occupé la moitié de mon armoire, la moitié de ma commode et la moitié de mon placard. Mes tiroirs étaient déjà sens dessus dessous avant ce bouleversement, mais vous les auriez vus après ! Tout était empilé et tassé. Et, au lieu d'avoir deux tiroirs fourre-tout, je me suis retrouvée avec un seul. Le placard, ça ne me gênait pas trop. Il ne me faut pas beaucoup de place. J'ai juste quelques hauts, et très peu de robes. Une ou deux. Je porte surtout des jeans, que j'accroche par deux ou trois sur le même cintre.

Grand-Mère a disposé ses plantes sur le rebord des fenêtres. Elle en avait quatre, toutes de la

même espèce : des passiflores. Les feuilles sont violettes, douces comme du velours. Elle adore les passiflores, qu'elle appelle aussi « fleurs de la Passion ». Elle en avait partout dans son appartement. J'aimais aller de plante en plante et faire semblant de coudre du velours violet sur chaque feuille.

— Où sont tes autres plantes ? ai-je demandé. Tu en avais beaucoup plus.

— Je les ai laissées aux nouveaux locataires. Pour que ça n'ait pas l'air trop désert quand ils emménageront. Les gens ne devraient pas être obligés d'entrer dans des appartements vides.

— Je suis contente que tu en aies apporté quelques-unes ici, Grand-Mère. Les fenêtres sont bien plus vivantes.

Grand-Mère a admiré les passiflores.

— Oui, effectivement, elles sont d'un joli effet. Elles transforment même une chambre en un vrai chez-soi.

Puis tout d'un coup son visage s'est éclairé et elle a dit :

— J'ai une idée. Un de ces jours, si tu veux, je te montrerai comment faire une bouture.

— Une bouture ? Qu'est-ce que c'est ?

— Tu coupes une tige, et de cette simple tige naît une plante entièrement neuve. Tu pourras ainsi faire pousser ta passiflore à toi si tu en as envie.

— Complète, avec du velours ?

— Complète, avec du velours. Tu n'auras même pas besoin de le coudre dessus.

Grand-Mère a eu un petit rire et m'a serrée dans ses bras, et moi, j'étais un peu gênée qu'elle soit au courant de mon truc de couture.

À peine avions-nous fini de ranger qu'il était l'heure de dîner. Nous nous apprêtions à quitter la chambre lorsque j'ai montré du doigt les portraits de mes compositeurs célèbres.

— J'espère que ma décoration ne te dérange pas. Je peux les enlever si tu veux.

— Oh ! non, ne fais pas ça ! Ils ont donné au monde une si belle musique ! (Elle s'est approchée du portrait de Bach et l'a contemplé.) Sais-tu que Bach était si pauvre, lorsqu'il était très jeune, qu'un jour, à Hambourg, en Allemagne, il a dû manger des têtes de harengs que quelqu'un avait jetées dans la rue ?

— Des têtes de harengs ? Oh ! le pauvre !

— Tu joues bien un de ses menuets, n'est-ce pas ? m'a demandé Grand-Mère.

— Oui, Grand-Mère, le *Menuet n° 3*.

Grand-Mère s'est mise à fredonner la mélodie, et moi avec elle, l'adorant d'en savoir autant sur Bach.

Nous la fredonnions encore en nous dirigeant vers la cuisine.

Maman remuait la salade tant et tant qu'elle en était toute ramollie.

— Ah ! le dîner sent délicieusement bon ! s'est écriée Grand-Mère. Je peux t'aider à faire quelque chose ?

— Merci, Mère, mais tout est prêt. Tu n'as qu'à t'asseoir et savourer tranquillement ton dîner.

La table de la cuisine est juste assez grande pour quatre personnes. Depuis que Grand-Mère est avec nous, nous prenons nos repas dans la salle à manger. Ce qui signifie que je dois faire deux fois plus attention à ma façon de manger. Si je rate ma bouche, la nourriture peut tomber sur la moquette et non plus sur le lino.

Nous étions tous à table, prêts à manger – tous, excepté Muriel.

— Je meurs de faim ! ai-je annoncé. Quand est-ce qu'on mange ?

— Dès que Muriel sera là, a dit maman. Toute la journée, nous allons à droite et à gauche, les uns et les autres : le moins qu'on puisse faire, c'est de dîner tous ensemble.

— Je vais la chercher, a dit Grand-Mère en se levant.

— Non, Mère. Ce n'est pas la peine. Elle va arriver tout de suite.

— Pour ça, oui, elle va arriver illico ! ai-je dit. Elle n'a pas manqué un repas en quinze ans.

Exactement deux secondes plus tard, Muriel est arrivée en courant.

— Salut, tout le monde. Désolée d'être en retard. J'écoutais les nouvelles et j'ai aussi un peu écrit.

— Et comment va mon génie créateur ? a demandé papa.

— Oh ! Papa !

Muriel a rougi.

Tu parles d'un génie créateur ! Papa est comptable. Même ses colonnes de chiffres sont plus créatrices que le journal de Muriel.

Tout le monde mangeait et parlait, et chacun se montrait affectueux envers Grand-Mère. Dès qu'elle se levait pour faire quelque chose, maman disait :

— Assieds-toi, Mère, je vais y aller.

Papa a dit :

— Je peux faire quelque chose pour vous, Mère ?

Et Muriel :

— Dis-moi ce que tu veux, Grand-Mère. J'irai te le chercher.

Je me suis demandé ce qui se passerait si Grand-Mère avait besoin d'aller au petit coin.

À l'instant où le repas s'est terminé, Muriel s'est immédiatement levée pour débarrasser la table. C'est une obsession chez elle. La nourriture à peine dans l'estomac, elle se lève pour faire la vaisselle. Moi, j'aime rester assise et me détendre en pensant à ce que j'ai mangé.

— Sheila, va aider Muriel, a dit maman.

— Plus tard ! Ce n'est pas parce qu'elle est prête que moi, je le suis.

— Plus tard, elle aura terminé.

— Pourquoi est-ce qu'elle n'attend pas que je sois prête une fois de temps en temps ?

— Parce que tu es trop lente, a dit Muriel.

Grand-Mère s'est levée.

— Aujourd'hui, Sheila et Muriel vont prendre une soirée de vacances, c'est moi qui ferai la vaisselle.

— Non, Mère. C'est à elles de la faire. Et aujourd'hui, Muriel lave et Sheila essuie.

— J'ai entendu quelque part qu'il était plus hygiénique de la laisser égoutter.

— C'est possible, Sheila, mais j'ai horreur d'avoir la paillasse de l'évier encombrée. Allez, va aider Muriel.

— Je serais heureuse de la laver, a dit Grand-Mère. Je n'ai rien fait de la journée.

— Je vais t'aider, a déclaré Muriel en me lançant un regard furibond. Un peu de travail ne me fait pas peur, à moi.

— Bon, d'accord, a dit maman en cédant. Mais je ne veux pas, les filles, que vous vous dérobiez à vos responsabilités. Quant à toi, Mère, je ne veux pas non plus que tu restes trop longtemps debout. N'oublie pas tes varices. Sheila, tu vas profiter de ce petit répit pour travailler ton piano. Ton Hanon laisse encore à désirer.

— Entendu !

Et je suis sortie en vitesse, de peur qu'elle ne change d'avis pour la vaisselle.

Avant d'aller m'installer au piano, je me suis glissée dans la chambre de Muriel pour jeter un coup d'œil aux dernières notes de son journal intime, qui était dans sa cachette secrète, sous son oreiller.

9 h 00	*Grand-Mère emménage aujourd'hui. Maman dit qu'il faut lui faire sentir qu'elle est la bienvenue. Je transporterai sa valise, si elle en a une.*
12 h 00	*Élaine vient juste d'appeler. Elle sort avec Jeffrey. Et après ? Il est plus petit qu'elle et il a la peau boutonneuse.*
15 h 50	*La chambre devient étouffante. Il vaut mieux que je sorte.*
16 h 30	*Grand-Mère vient d'arriver. J'ai transporté sa valise. Sheila n'a rien porté. Grand-Mère partage la chambre de Sheila. Pas la mienne, grâce au ciel. J'ai besoin d'intimité.*
18 h 15	*Je viens juste d'écouter les nouvelles. Je commence à avoir mal à la tête. Je me demande si j'ai besoin de lunettes. J'ai*

peut-être seulement faim. Je crois que je vais manger tout de suite et écrire plus tard.

Une voix est venue de la salle à manger :

— Sheila, je ne t'entends pas travailler.

— Je travaille, je travaille, ai-je crié en sortant à toute vitesse de la chambre de Muriel pour me précipiter sur le piano.

J'ai fermé les yeux et j'ai joué une vraie musique de rêve, de ma composition. C'était divin.

— Sheila, ça ne ressemble pas aux exercices de Hanon.

— Mais si. Écoute... Tu vois, c'est Hanon.

Lorsqu'il a été l'heure d'aller au lit, je me suis déshabillée dans la salle de bains pour que Grand-Mère ait ses aises. Quand je suis revenue dans ma chambre, elle était en chemise de nuit de flanelle et elle dépliait les couvertures de mon lit.

— Merci de me déplier les couvertures, Grand-Mère.

Elle s'est retournée et m'a regardée. Il était arrivé quelque chose à sa bouche ! Elle était toute rentrée. C'était comme du pudding. Elle a souri.

— Il n'y a pas de quoi, ma chérie.

Les mots sonnaient bizarre, et je voyais ses gencives. C'est alors que j'ai remarqué ses dents sur le rebord de la fenêtre. Dans un verre. Je n'ai pas pu supporter de les regarder.

— Je peux éteindre, Grand-Mère ?

— Oui, éteins. Je suis très, très fatiguée.

Dans le noir, j'ai dit :

— Tu sais, Grand-Mère, je ne crois pas que maman ait changé les draps de ton lit. Elle ne s'attendait pas à ce que tu couches dedans.

— Ça ne fait rien, Sheila. Dormir dans tes draps, c'est comme dormir dans les miens.

— Chouette ! merci, Grand-Mère. Même Muriel ne voudrait pas dormir dans mes draps.

— Bonne nuit, Sheila chérie. Dors bien.

— Toi aussi, dors bien, Grand-Mère.

Pauvre vieille Grand-Mère. Pauvres vieilles gencives.

Pauvre de moi ! J'ai à peine dormi cette nuit-là. Le lit me paraissait étrange, et Grand-Mère ronflait. Alors, le matin, au lieu de sauter du lit comme d'habitude, je me suis en quelque sorte tirée de dessous mes couvertures après avoir entendu la sonnerie du réveil de Muriel.

Pendant un moment, j'ai oublié où j'étais. Ce n'est que lorsque j'ai voulu regarder par la fenêtre et ne l'ai pas trouvée que je me suis souvenue de

Grand-Mère. Elle dormait toujours, dans le lit qui était habituellement le mien.

Je suis allée vers l'autre fenêtre pour voir de quoi avait l'air la journée et j'ai de nouveau aperçu les dents de Grand-Mère. J'ai d'abord eu envie de mettre le verre derrière le rideau ou derrière l'une des passiflores, mais j'ai eu peur de le toucher. Et puis, Grand-Mère allait se réveiller et penser qu'elle avait perdu ses dents.

Je suis allée dans la salle de bains. Quand je suis revenue, Grand-Mère était levée, et les lits étaient déjà faits. Un moment plus tard, elle a remis ses dents et s'est habillée. Une robe à fleurs toute propre, ses grosses chaussures noires, et des bas épais pour cacher ses varices.

— Viens, Sheila, je vais te préparer ton petit déjeuner. Je fais de bons œufs brouillés.

— Oh ! je sais.

Elle m'en avait fait des tas de fois quand j'allais la voir.

— C'est parce que j'y mets du lait, a-t-elle ajouté. Le lait les gonfle et les fait mousser.

— Je pourrai les recouvrir de gelée ?

— Gelée, ketchup. Tout ce que tu veux.

— Je préfère la gelée.

— Nous allons demander à Muriel si elle veut des œufs. Je lui ferai son petit déjeuner, à elle aussi.

— Pas besoin de le lui demander. Elle mangera n'importe quoi.

Pendant que j'attendais mes œufs, j'entendais Papa se gargariser dans la salle de bains. Il prend tout son temps le matin. Parce qu'il est son propre patron et qu'il peut aller à son travail quand il en a envie. Mais durant la période des impôts, en janvier, il travaille sans arrêt, et je le vois à peine.

Mes œufs étaient prêts. Muriel est entrée dans la cuisine juste au moment où je les recouvrais de gelée de raisin.

— Bonjour, Grand-Mère. Sheila, au nom du ciel, qu'est-ce que tu fais ?

— Je mets de la gelée sur mes œufs.

— Tu les fiches en l'air.

— Non, je ne les fiche pas en l'air.

— Qu'est-ce que tu aimerais pour ton petit déjeuner ? a demandé Grand-Mère à Muriel.

— La même chose. Il faut que je mange et que je file en vitesse.

— Filer où ?

— J'ai à parler à Élaine avant l'école.

— Lui parler de quoi ?

— Ça ne te regarde pas.

Muriel a une amie, Élaine. Élaine est super belle ! Et elle est marrante et a des tas d'amis garçons.

Muriel, elle, n'est pas marrante, et sûrement pas belle. Pas laide non plus. En fait, quand les gens la décrivent, ils disent qu'elle a un joli visage, mais ils laissent tout le reste de côté – autrement dit, elle est un peu grassouillette. Mais, à mon avis, son problème, c'est son manque d'imagination. Elle est nulle. Je ne comprends pas ce qu'Élaine lui trouve.

Tout de suite après, maman est entrée avec un joyeux :

— Bonjour, tout le monde. Mère, tu aurais pu dormir un peu plus longtemps. J'aurais préparé le petit déjeuner des filles.

Grand-Mère a cassé les œufs pour Muriel dans un bol et s'est mise à les battre.

— Tu sais que j'aime le matin, Marion. Je ne veux pas gaspiller mes matinées à dormir tard.

— Tu as passé une bonne nuit ?

— J'ai bien dormi, a dit Grand-Mère en s'arrêtant de battre les œufs. Mais quand je me suis réveillée, c'était vraiment étrange. Je me suis d'abord crue chez moi. Puis je me suis souvenue...

Maman est allée vers elle et lui a posé une main sur l'épaule.

— Tu *es* chez toi, Mère. Laisse faire le temps. (Elle a tendu la main vers le bol et la poêle à frire.) Tu devrais me laisser finir ça et aller t'asseoir.

— Non, a dit Grand-Mère d'une voix ferme. J'ai promis des œufs à Muriel.

Maman a légèrement haussé les épaules.

— D'accord. Moi, je prépare le café, et nous pourrons déjeuner tous ensemble.

Je savais exactement ce que Grand-Mère allait manger. Un petit pain aux raisins avec une tasse de café. Je pouvais même l'imaginer, penchée sur la table, trempant son petit pain dans son café pour bien l'imbiber avant de le grignoter. J'ai pensé : « Plus facile pour ses dents. »

Muriel a avalé ses œufs et elle est partie en courant. Je lui ai lancé :

— J'espère qu'Élaine s'est bien amusée avec Jeffrey.

Quelques instants plus tard, Rita est venue me chercher, et je suis sortie en courant aussi.

— Alors, comment ça va ? a demandé Rita. Avec ta grand-mère, je veux dire.

— Tout va bien, sauf pour une chose. Elle a pris le lit près de la fenêtre.

— Ah ! qu'est-ce que je t'avais dit ? Je savais bien.

— Mais non, ce n'est pas ce que tu penses. C'est moi qui le lui ai proposé. C'était mon idée. Si tu voyais comme elle est gentille avec moi !

Elle a même fait mon lit et préparé mon petit déjeuner ce matin. Et elle sait tout sur Bach, et elle va m'apprendre à faire une bouture de passiflore.

— Oh ! bien sûr, au début, elle sera très gentille. Mais attends un peu. Dans quelque temps, vous vous taperez sur les nerfs, et elle va devenir difficile et te houspiller.

Ben alors, cette Rita, pas moyen de l'arrêter !

— Enfin, tu épargnes à ta grand-mère d'aller à l'hospice.

— L'hospice ?

— Ben oui. Ma mère m'en a parlé lorsque ma grand-mère est venue vivre avec nous – contre mon gré. Elle m'a dit que c'est là que vont les vieux lorsqu'ils n'ont nulle part où aller, ou bien lorsqu'ils deviennent séniles.

— C'est quoi, « sénile » ?

— C'est lorsqu'on vieillit et qu'on commence à perdre la tête, qu'on ne peut plus raisonner avec ; une sorte de folie, mais pas vraiment.

J'ai failli demander à Rita si sa grand-mère était sénile, mais ce n'est pas le genre de choses qu'on demande aux gens. J'ai préféré lui dire :

— Et si tu venais dormir chez moi samedi soir ? Mes parents sortent. Nous pourrons aller aux *Mille et un parfums* manger une glace et ensuite nous lirons le journal de Muriel.

— Chouette, même si on couche à nouveau par terre !

En rentrant à la maison après l'école, j'ai trouvé Grand-Mère en train de laver les touches du piano.

— Je nettoie les touches pour qu'elles soient plus jolies, m'a-t-elle dit.

J'ai regardé sa vieille main ridée tremper une éponge dans une bassine pleine d'un liquide blanc.

— Qu'est-ce que c'est que ce truc blanc ?

— Du lait. (Elle pressait l'éponge, faisant ainsi saillir ses phalanges comme de petits pics montagneux.) Rien ne vaut le lait pour nettoyer les touches de piano.

Tout en passant l'éponge sur le clavier, Grand-Mère fredonnait la *Valse anniversaire*.

— Il faut que je me dépêche de finir avant le retour de ta maman. Si elle me voit faire ça, elle va me dire que l'éponge est trop lourde.

— Où est maman ?

— Elle est sortie en emportant ses poupées et elle a demandé que tu travailles ton piano.

— Ah oui ! j'oubliais, c'est le jour des poupées !

Ma mère fait partie d'une association juive. Elle va voir toutes sortes de groupes, comme les scouts ou les associations de parents d'élèves, avec des poupées représentant des personnages célèbres et elle vante leurs mérites, tout ce qu'ils font pour aider l'humanité, pour la fraternité. Maman est obsédée par la fraternité.

Dès que Grand-Mère a eu fini de nettoyer le clavier, je me suis assise pour faire mes exercices. J'ai commencé par Hanon. Je jure que c'est vrai. Mais je ne sais pas pourquoi, les notes qui sont sorties n'avaient pas du tout l'air d'être de

Hanon. Et c'était beau. Puis j'ai entendu comme une fausse note. C'était la voix de Muriel.

— Sheila, ou tu arrêtes de faire l'idiote et tu travailles sérieusement, ou tu me laisses la place.

— Je ne fais pas l'idiote. Je compose. Ne ronchonne pas tout le temps.

— Je ne comprends pas pourquoi on s'obstine à te faire prendre des leçons de piano. En deux ans, tu ne sais toujours rien jouer.

— Tu as un toupet ! Toi, ça fait six ans que tu prends des leçons, et la seule chose que tu arrives à jouer c'est *Le Joyeux Fermier*.

— Pour ta gouverne, ça s'appelle *Le Gai Laboureur*.

— C'est tout comme. Maintenant, ôte-toi de là et laisse-moi composer.

— Toi, me dit-elle en mettant les mains sur les hanches, tu n'es pas compositeur.

— Et toi, j'ai répondu en mettant les mains sur les hanches, tu n'es pas écrivain.

Elle m'a regardée fixement un instant.

— Et comment tu peux savoir ça ?

— Je... j'ai deviné. (Puis, en partie parce que je voulais changer de sujet, en partie parce que je voulais vraiment savoir, j'ai demandé :) Muriel, pourquoi je ne te vois jamais heureuse ? Pourquoi je ne te vois plus jamais sourire ?

Elle m'a dit :

— Sourire, pourquoi ?

Ce soir-là, en faisant la vaisselle, Muriel et moi avons recommencé à nous chamailler. Elle attendait que je lui donne quelque chose à essuyer.

— Une cuillère, une fourchette, n'importe quoi. S'il te plaît.

J'ai rempli un verre d'eau savonneuse et déclaré que c'était du soda à la glace à la vanille.

— Sheila, tu es si lente, tu m'énerves !

— Je ne suis pas pressée.

— Maman, *fais* quelque chose ! a hurlé Muriel.

— Sheila, ça suffit ! a dit maman. Dépêche-toi !

— Mais c'est pas juste ! (Et j'ai coiffé mon soda de crème fouettée.) Pourquoi faut-il que je lave le même nombre d'assiettes qu'elle, alors qu'elle mange beaucoup plus que moi ?

— Maman !

Muriel avait l'air exaspérée.

— Sheila, m'as-tu entendue ? a dit maman, contrariée.

Grand-Mère a fini de débarrasser la table et nous a rejointes rapidement devant l'évier.

— Les filles, si vous preniez un peu de vacances, aujourd'hui ? Moi, je finirai la vaisselle à votre place...

— Encore des vacances ? Chouette, merci, Grand-Mère.

— Mère, les filles n'ont pas besoin de vacances, a dit maman. Et puis, tu ne devrais pas rester debout toute la journée. Souviens-toi de tes veines.

— Tu prends bien soin de ne pas me les faire oublier, a dit Grand-Mère en secouant la tête. Je ne comprends pas, Marion. Tout le monde a des veines. Pourquoi t'inquiètes-tu seulement des miennes ?

— Je ne peux pas m'en empêcher, Mère. Je tiens à toi. Je ne veux que ton bien.

— Je sais que tu essaies d'être une fille affectueuse et bonne, Marion. Je voudrais seulement que tu y mettes un peu moins d'acharnement.

— Je vais aider Grand-Mère pour la vaisselle. Et *nous*, nous aurons fini en un clin d'œil, a déclaré Muriel en me lançant un de ces regards...

Je suppose que Grand-Mère était vraiment d'humeur à laver parce que, sitôt la vaisselle terminée, elle est allée nettoyer sa robe fleurie dans la salle de bains. Mais maman l'a prise en flagrant délit.

— Tu n'es pas obligée de faire ça, Mère. Nous avons une machine à laver.

— Je sais, mais une seule robe, je peux bien la laver et la suspendre au-dessus de la baignoire. Demain matin elle sera propre et sèche.

— C'est de la folie ! a dit maman.

Grand-Mère a continué à laver.

— D'accord, c'est de la folie.

Maman l'a regardée un moment et a dit :

— Enfin, Mère, donne-moi ça. Je vais la mettre dans la machine à laver, ensuite dans le séchoir électrique, et tout le monde sera content.

Là-dessus, elle a retiré la robe trempée du lavabo. Grand-Mère s'est redressée, s'est essuyé les mains et, sans dire un mot, est sortie de la salle de bains.

J'ai entendu Grand-Mère aller et venir dans la chambre, à pas lents, lourds, pendant un long moment. Je suis entrée sur la pointe des pieds. Il faisait noir et il n'y avait aucun bruit. Puis, dans l'obscurité, une voix calme a demandé :

— C'est toi, Sheila ?

— Oui, Grand-Mère, c'est moi. Je t'ai réveillée ?

— Non, non. Je ne dormais pas. Tu peux allumer, si tu veux.

Sous la soudaine lumière, Grand-Mère a cligné des yeux. Elle était assise dans son fauteuil, et j'ai vu qu'elle avait pleuré. Je ne savais pas s'il fallait que je parte ou que je reste. C'est parfois difficile de savoir si une personne a envie d'être seule ou si elle a besoin de quelqu'un à qui parler.

Je voulais dire quelque chose, mais je ne pouvais pas trouver les mots. Pendant un instant nous sommes restées toutes les deux silencieuses.

— Tu aimes beaucoup ce fauteuil, hein, Grand-Mère ?

— Ce fauteuil ? (Ses yeux se sont éclairés et elle a souri.) Oh oui ! ma chérie. Ce fauteuil est vraiment spécial pour moi. (Elle en caressait les côtés.) Il n'a plus d'allure, mais il a été beau, autrefois.

— Il est très vieux ?

— Presque soixante ans. C'est le premier meuble que ton grand-père et moi avions acheté. Avant même de nous marier. Nous l'avions vu dans une petite boutique et nous nous le sommes offert comme cadeau de mariage. Ça a été le seul siège dans toute la maison pendant très longtemps, et ton grand-père et moi nous y asseyions chacun à notre tour.

Grand-Mère riait en racontant cette histoire. C'était comme si elle la revivait.

— J'aurais bien voulu connaître Grand-Père.

— Oh ! Sheila, tu l'aurais beaucoup aimé ! Il était bon, heureux de vivre et toujours prêt à rire. Viens, je vais te montrer des photos. C'était un jeune homme très séduisant.

C'était bizarre d'entendre Grand-Mère parler de lui comme d'un jeune homme. Mais je suppose qu'elle ne l'avait jamais vu vieux.

Grand-Père est mort il y a très longtemps. Je ne sais pas grand-chose de lui, je sais seulement qu'il est né en Russie et qu'il a vécu dans un village pas très loin de celui où habitait Grand-Mère. Ils ne se connaissaient pas encore à ce moment-là. Grand-Père est venu en Amérique, dans le New Jersey. Très jeune, et Grand-Mère aussi. C'est là qu'ils se sont connus et mariés. Grand-Père est mort juste après la naissance de maman, ce qui fait qu'elle ne l'a pas connu non plus.

Grand-Mère a sorti le sac de photos d'un tiroir de la commode.

— Plusieurs fois j'ai eu l'intention d'acheter un album. Mais j'ai toujours reporté ce projet au lendemain. Et les lendemains se sont transformés en années. Les photos sont toujours dans un sac en papier.

Elle a apporté les photos et les a éparpillées sur son lit. Puis nous nous sommes assises pour les regarder.

Il y avait des photos de Grand-Mère et Grand-Père en mariés, lorsque Grand-Mère était vraiment très jeune, et bien avant qu'elle commence à avoir des soucis et à vieillir. Il y avait des photos de famille avec maman bébé, entourée de ses six frères plus âgés. Certaines photos étaient de grandes dimensions et semblaient avoir été prises par un photographe. Mais la plupart n'étaient que des instantanés ordinaires de maman et des garçons, debout dans un parc ou devant un porche, raides et souriants.

Il y avait beaucoup de photos, et je voulais les voir toutes. Mais il se faisait tard et j'avais encore une chose à faire avant d'aller au lit. Muriel travaillait son piano. Cela voulait dire qu'elle y resterait assise pendant exactement trente minutes.

Pas une de plus, pas une de moins, mais trente minutes me suffisaient.

J'ai pris mon pyjama et, avant d'aller à la salle de bains, je me suis faufilée dans la chambre de Muriel pour y faire une petite lecture rapide.

8 h 15   *Il faut que je demande à Élaine pour son rendez-vous avec Jeffrey. Au fond, je m'en fiche.*

15 h 30   *Élaine est amoureuse de Jeffrey. C'est la première chose qu'elle m'a dite ce matin. Je lui ai demandé de venir dormir samedi soir. Mais Jeffrey pourrait l'inviter à sortir. S'il l'invite, elle ne viendra pas. Sinon, oui. Je m'en fiche.*

16 h 00   *La façon de jouer de Sheila me porte sur les nerfs.*

18 h 30   *Sheila m'agace encore avec la vaisselle.*

19 h 30   *Je devrais travailler mon piano. Je n'en ai pas envie. Je n'ai envie de rien. Je me sens vide. Pourquoi est-ce que je*

me sens aussi vide ? Je crois que je vais aller dormir.

20 h 00   *Je ne peux pas dormir. Je pense que je vais aller manger quelque chose et faire du piano. Peut-être pourrai-je dormir après. Je me sens seule. Pourquoi est-ce que je me sens si seule ?*

Je n'ai pas compris cette dernière phrase. Pourquoi Muriel se sent-elle seule ? Elle m'a, non ?

Chapitre 4

Rita avait bien raison de dire que j'allais avoir deux mères qui dirigeraient ma vie. Mais elle avait tort quant à ma seconde mère. Ce n'était pas Grand-Mère. C'était Muriel.

Muriel n'a pas toujours été aussi grincheuse et autoritaire. Elle avait l'habitude de sourire beaucoup, et aussi de rire. Quelquefois même, elle semblait m'aimer un peu. Et puis, à peu près au moment où nous avons emménagé ici, elle a commencé à changer. Elle s'est repliée

sur elle-même en quelque sorte, elle est deve-
nue aussi peu démonstrative que possible et très
susceptible, pour un oui ou pour un non.

À chaque fois que j'ai demandé à maman ce
qui n'allait pas chez Muriel, elle m'a répondu
que c'était à cause des « affres et des anxiétés
de l'adolescence » – ce qui ne m'a pas expliqué
grand-chose.

— Bref, disait-elle, Muriel est en train de
grandir.

J'ai commencé à m'inquiéter. J'allais peut-
être moi aussi passer, quand je grandirais, par
les affres et les anxiétés de l'adolescence, mais
maman m'a rassurée. Pour moi, tout se passerait
bien. Maman a dit que le fait de grandir n'affecte
pas tout le monde de la même façon, et que même
Muriel s'en sortirait très bien. Moi, je ne souhai-
tais qu'une chose, c'est qu'elle se dépêche de se
tirer de ce truc dans lequel elle s'était fourrée. Je
ne pouvais plus la supporter comme ça.

J'ai réfléchi à ce que Muriel écrivait dans
son journal, au fait qu'elle se sentait seule. J'ai

pensé que je pouvais peut-être l'aider en lui faisant comprendre qu'elle ne l'était pas vraiment. Qu'elle m'avait toujours. Mais comment lui dire sans qu'elle sache que je lisais son journal ? Il fallait que je réfléchisse à ce problème. Mais que faire en attendant ? Elle était vraiment impossible. Je ne trouvais jamais grâce à ses yeux. Elle disait que je passais trop de temps avec Rita et trop de temps à rêvasser ou, pire encore, que j'étais égoïste et paresseuse parce que je laissais Grand-Mère faire à ma place la vaisselle ou mon lit, et même le ménage dans ma chambre.

— Grand-Mère n'est là que depuis une semaine à peine et tu en as déjà fait ton esclave, m'a dit Muriel vendredi après l'école.

Elle était sur le pas de la porte de ma chambre tandis que j'enfilais mon vieux jean confortable. Maman était sortie travailler bénévolement dans un hôpital, et Grand-Mère était dans la cuisine en train de préparer mes galettes d'avoine favorites. Grand-Mère m'en fait assez souvent parce que c'est le seul moyen pour que je mange de l'avoine : les ingrédients surprises, chocolat râpé ou raisins secs, rendent toujours les galettes plus intéressantes. Ce sont justement ces galettes qui ont fait sortir Muriel de ses gonds.

— Je n'en ai pas fait mon esclave. Tu es méchante de dire une chose pareille. Grand-Mère m'a demandé si ça nous plairait d'avoir des galettes, et moi, j'ai dit oui, c'est tout. Qu'est-ce qu'il y a de mal ?

— Tu sais très bien que maman n'aime pas que Grand-Mère reste debout trop longtemps. Surtout devant un four chaud.

— Ben... Maman ne la voit pas, elle est sortie.

— Ça y est, ça recommence. Tu ne penses qu'à toi. Je ne parle pas seulement des galettes. Il y a tout le reste. Ça t'arrange finalement d'avoir Grand-Mère avec toi dans ta chambre pour faire le travail à ta place ! Et papa et maman qui n'arrêtent pas de dire que tu es un ange d'avoir sacrifié ton intimité sans te plaindre ! Toi, noble et désintéressée ? Tu me dégoûtes.

J'ai couru pour fermer la porte.

— Tais-toi, Muriel, Grand-Mère pourrait t'entendre ! Oui, j'aime avoir Grand-Mère avec moi dans la chambre. Mais tu sais très bien que je ne l'ai pas fait exprès. Et je ne lui demande *jamais* d'agir à ma place. Elle le fait parce qu'elle en a envie. Ça la rend heureuse. Elle agirait de la même façon avec toi si tu lui en donnais l'occasion.

— Ce n'est pas moi qui voudrais profiter d'elle !

— Bien sûr que si ! Mais plus tard.

— Qu'est-ce que tu veux dire, exactement ?

— Tu vas voir. Dans un moment tu vas t'empiffrer avec ses galettes, exactement comme moi.

— Ça alors ! Tu es impossible !

Muriel est sortie furieuse de la chambre.

Toute la maison sentait la chaude et riche odeur des galettes surprises. J'ai suivi cette odeur jusqu'à la cuisine. J'aurais pu trouver mon chemin les yeux fermés.

Grand-Mère se tenait devant la cuisinière et fredonnait en versant de pleines cuillerées de pâte dans les moules à gâteaux. Son visage était tacheté de farine ainsi que ses mains et ses bras. Une fois ou deux elle a chassé une mèche folle sur son front, et ça a fait encore une autre tache.

— Je peux t'aider ?

J'étais sur le seuil de la porte.

— Bien sûr, viens donc voir ce que tu trouves à mélanger. Je n'ai que des raisins secs, ce n'est pas une grosse surprise.

J'ai farfouillé dans les placards et j'ai pêché des amandes et de la noix de coco râpée. J'ai dit en montrant mes découvertes à Grand-Mère :

— C'est tout ce que j'ai pu trouver.

— Bon, je vais en mettre un peu de chaque et tu pourras tout mélanger. Et nous allons faire cuire assez de galettes pour que tu puisses en donner demain à Rita.

— Tu sais, Grand-Mère, plus on met d'ingrédients, meilleures sont les galettes. Tu devrais envoyer ta recette au concours du Meilleur cordon bleu.

Grand-Mère a ri en secouant la tête.

— Je ne crois pas que ce soit possible.

— Pourquoi ? C'est un secret de famille ou quoi ?

Elle a ri de nouveau, un peu plus fort cette fois.

— Non, ce n'est pas un secret. Mais vois-tu, ma petite Sheila, je n'ai pas de recette.

— Pas de recette ? Alors comment fais-tu pour les quantités et pour le reste ?

Grand-Mère a haussé les épaules.

— Je ne sais pas comment je fais. Je le fais, c'est tout. Je mets une poignée de ceci, une pincée de cela et un soupçon d'autre chose. Et le résultat n'est pas trop mal. (Puis elle a gentiment souri.) Je suppose que lorsqu'on a cuisiné et confectionné des gâteaux aussi longtemps que moi, on n'a pas besoin de recette.

Quand il s'agit de manger, Muriel est d'une précision fantastique. Dès la première fournée de galettes prête, elle a fait son entrée.

— Muriel, ma chérie, tu arrives juste à temps, a dit Grand-Mère. Dès que les galettes auront un peu refroidi, tu pourras en manger.

Après m'avoir jeté un coup d'œil, Muriel a regardé les galettes, puis m'a dévisagée à nouveau.

— Pas pour l'instant, Grand-Mère. Je crois que j'aimerais mieux manger autre chose.

Elle est allée vers le réfrigérateur.

— Tu aimerais peut-être des carottes et du céleri ? a dit Grand-Mère. Je t'en ai préparé. Regarde sur l'étagère du haut dans le frigo.

Muriel a pris une grosse branche de céleri et l'a recouverte de beurre de cacahuètes. Elle en a croqué une bouchée puis elle est retournée dans sa chambre.

Les fournées de galettes se succédaient. Grand-Mère, penchée sur le four, y attrapait un moule et en glissait aussitôt un autre. Ses cheveux étaient humides de sueur. Son visage, rouge. Mais elle chantonnait et semblait prendre beaucoup de plaisir à sa tâche.

La porte de derrière s'est ouverte. Maman a crié, du haut des marches :

— Bonjour, c'est moi !

Et Grand-Mère a dit dans sa barbe :

— Euh... oh ! elle est en avance !

— Quelle odeur délicieuse ! s'est exclamée maman en ouvrant la porte de la cuisine. J'ai senti l'odeur des galettes de la rue.

Elle a jeté un regard à Grand-Mère, à ses cheveux humides de sueur, à son visage rouge, et s'est écriée :

— Oh ! Mère, tu te fatigues trop ! Regarde-toi !

— Ne t'en fais pas, Marion. Je n'ai pas l'intention de me présenter à un concours de beauté. Peut-être seulement à celui du Meilleur cordon bleu.

Grand-Mère m'a fait un clin d'œil.

— Mère, ce n'est pas drôle, a dit maman en regardant les gâteaux autour d'elle. Tu en as fait pour un régiment. Tu dois être épuisée.

— Je me sens très bien, Sheila m'a beaucoup aidée.

— Je suis ravie d'entendre ça, a dit maman en me tirant par la main vers l'évier. Elle m'aidera aussi beaucoup en nettoyant tout.

— Laisse-lui un peu son temps, a dit Grand-Mère, je vais...

— Non, pas cette fois. Je veux que tu ailles t'étendre pour faire une petite sieste.

Grand-Mère m'a regardée, impuissante.

— Tu vois, ma petite Sheila. Ce sont d'abord les mamans qui disent à leurs enfants de faire leur sieste. Puis ce sont les enfants qui le disent à leurs mamans. C'est comme ça, a-t-elle soupiré en sortant.

J'ai passé toute la journée de samedi à attendre Rita. Le matin, j'ai demandé à Muriel :

— Est-ce que Rita et moi pouvons dormir dans ta chambre ?

— Et moi, où j'irai ?

— Ben, tu as le choix. Tu peux dormir sur le canapé dans la salle de séjour, ou dans mon lit. Je changerai même les draps.

— Non merci. Je tiens à mes petites habitudes pour dormir. Et ne va pas demander à Grand-Mère de te céder son lit.

— Je ne ferais jamais une chose pareille. Rita et moi pensions dormir par terre, n'importe comment.

Rita est arrivée juste quelques minutes avant que papa et maman ne sortent. Maman nous a donné les instructions de dernière minute :

— Tâche de ne pas ennuyer Grand-Mère. Tâche de ne pas embêter Muriel. Ne veille pas trop tard. Et : Amusez-vous bien, les enfants.

— Est-ce qu'on peut aller aux *Mille et un parfums*, Rita et moi ?

— D'accord, a dit maman. Mais allez-y tôt. Dès que nous serons sortis.

— Et allez-y avec Muriel, a ajouté papa.

Muriel adore aller aux *Mille et un parfums*. J'étais sûre qu'elle sauterait sur l'occasion pour nous accompagner.

— Non, a-t-elle grogné. Je n'ai pas envie d'y aller avec vous. Deux gosses ! Je reste ici, et vous me rapporterez quelque chose.

— Il faut que tu viennes avec nous. C'est papa qui le veut. Nous sommes trop jeunes, Rita et moi, pour nous balader toutes seules la nuit. Si on se fait kidnapper, ce sera de ta faute.

— Bon, d'accord. Je vous accompagne, mais je n'entre pas.

Grand-Mère regardait la télévision — ce qui était l'une des rares choses que maman lui permettait de faire sans la sermonner.

— Nous allons chercher des glaces. Qu'est-ce que tu veux qu'on te rapporte ?

— Quelque chose sans noix.

J'ai expliqué à Rita en sortant :

— Je suppose que les noix doivent lui faire mal aux gencives.

Les *Mille et un parfums* se trouvent juste à deux pâtés de maisons, et on pourrait croire que j'y suis tout le temps fourrée. Pourtant, je n'y suis pas allée depuis l'été. On peut se lasser de n'importe quoi, même de ce qui est très bon.

— On va prendre une *lala palooza* au réglisse, ai-je dit à Rita en chemin.

— Ça rend les dents toutes noires. Si on prenait un mystère ?

— J'y ai déjà goûté. Je ne prends jamais deux fois la même chose. J'ai envie d'essayer toutes les glaces qui sont vendues dans le magasin. J'en ai encore neuf à goûter – s'il n'y en a pas de nouvelles.

Muriel a dit qu'elle attendrait dehors pendant que nous étions à l'intérieur.

— Quel parfum tu veux ? lui ai-je demandé, en sachant à l'avance sa réponse.

— Vanille, deux boules.

Pendant que Rita hésitait entre un mystère et une glace aux fruits de la Passion, j'ai pris une vanille et une *lala palooza*, ainsi qu'un pot de glace à la myrtille pour Grand-Mère.

Muriel et Grand-Mère ont mangé leur glace dans la salle de séjour, en regardant la télé. Rita et moi avons fini les nôtres dans ma chambre.

— Quand est-ce qu'on lit le journal ? a demandé Rita en léchant sa glace.

— Plus tard. Quand Muriel ira manger dans la cuisine. Elle y restera des siècles. Muriel mange beaucoup depuis quelque temps. Plus que d'habitude.

— Qu'est-ce qui la tracasse ?

— Qu'est-ce qui te fait penser que quelque chose la tracasse ?

— Mais, Sheila, c'est une chose bien connue. Certaines personnes mangent beaucoup quand elles sont bouleversées ou nerveuses. Ma mère, par exemple.

— Peut-être que ça a un rapport avec Élaine et Jeffrey, et le fait de ne pas venir dormir.

— Jeffrey était censé venir dormir ?

— Non, Élaine.

Au bout d'un moment, Muriel est entrée dans la chambre et nous a dit de sortir parce que Grand-Mère avait peut-être envie d'aller au lit.

— Et va te nettoyer les dents. Elles sont toutes noires.

Muriel est allée dans sa chambre et a fermé la porte.

— Bon. Elle est en train d'écrire, ai-je dit à Rita. Ça nous fera encore plus de choses à lire.

Alors, très silencieusement, Grand-Mère est apparue sur le pas de la porte.

— Oh ! Grand-Mère, nous partions.

Je m'apprêtais à me lever.

— Non, non, ne partez pas. Restez ici. Toutes les deux.

Elle est allée vers son lit et en a retiré les draps.

— Qu'est-ce que tu fais ?

Grand-Mère est sortie en emportant ses draps puis elle est revenue avec des draps propres.

— Pourquoi ces draps ?

Sans répondre, elle a fait le lit et a dit :

— Là, tout propre.

Et elle s'est retournée pour sortir.

— Où vas-tu, Grand-Mère ?

— Je vais dormir sur le sofa, ce soir. Ainsi, les filles, vous aurez la chambre.

— Oh non ! Grand-Mère, s'il te plaît ! Tu ne peux pas faire ça. Maman va... Je veux dire... Enfin... tu ne devrais pas. Rita et moi avions l'intention de coucher par terre. Nous en avons l'habitude. C'est très amusant. Vrai de vrai. S'il te plaît, Grand-Mère...

— Ne t'en fais pas. Le sofa me changera un peu. Si j'avais mon mot à dire, j'y dormirais tout le temps. C'est un bon lit, dur. C'est excellent pour mon dos. Quant à vous, les filles, amusez-vous et bavardez.

— Ta grand-mère est gentille, a dit Rita. La mienne est une vieille sorcière.

On a cru un moment que Muriel ne sortirait jamais de sa chambre et que nous ne pourrions pas lire son journal.

— Ça m'ennuie de te décevoir, Rita, mais j'ai l'impression que Muriel n'a pas aussi faim que je le pensais.

J'avais à peine prononcé ces mots que nous avons entendu la porte du réfrigérateur s'ouvrir et se fermer.

75

— Maintenant ? a demandé Rita.

J'ai fait oui de la tête.

— Maintenant.

Rita et moi avons lu chacune à notre tour. À voix basse, bien sûr.

9 h 00	*Sheila et Rita ne peuvent pas dormir dans ma chambre ce soir et il n'y a pas à revenir là-dessus. Élaine ne vient pas passer la nuit. Je m'en fiche. Elle sort avec Jeffrey : ils vont à une boum. Et après ? Les boums sont si infantiles.*
18 h 00	*Sheila s'apprête à recevoir Rita. Je parie qu'Élaine s'apprête pour Jeffrey. Pour qui vais-je m'apprêter ?*
19 h 00	*Je vais aux Mille et un parfums. Mais je ne vais pas y entrer. Pas avec deux mômes, un samedi soir. Et si quelqu'un me voyait ?*
19 h 30	*Je viens de terminer mon cornet de glace à la vanille. Je ne me souviens*

même plus quel goût ça avait. Je crois que je vais lire un peu.

20 h 00   *Pourquoi y a-t-il des draps sur le sofa ? Grand-Mère ? Ah ! cette Sheila !*

20 h 30   *Élaine est à sa boum. Où suis-je ? Je ne suis nulle part. Je crois que je vais aller manger quelque chose. Pourquoi ai-je toujours aussi faim ?*

— Regarde, ai-je murmuré, elle a écrit quelque chose sur toi, trois fois. Deux fois en te nommant.

— Elle parle de toi *quatre* fois, a dit Rita.

J'ai souri.

— Je suis un de ses personnages les plus importants.

Nous avons passé le reste de la soirée à rire et à nous amuser, et Muriel n'a pas arrêté de taper contre le mur en nous disant de nous taire. Puis Grand-Mère est venue et nous a donné à chacune une galette surprise et une tasse de chocolat chaud.

— Savourez-moi ça, et dormez bien.

— Ta grand-mère est vraiment adorable, a dit Rita en avalant une gorgée de chocolat. C'est gentil à elle de nous laisser son lit.

— Elle fait toujours des choses comme ça.

J'ai bu aussi une gorgée de chocolat et mordu dans ma galette surprise. Pas tellement surprise ! J'ai imaginé maman entrant dans la salle de séjour. La vraie surprise est pour plus tard !

Grand-Mère me comprend : dimanche matin, elle a enlevé la tête du poisson fumé avant de me le servir au petit déjeuner. Maman, elle, se contente de me le flanquer sur une assiette. La tête et tout. Et s'il y a une chose que je ne supporte pas, c'est un poisson avec sa tête, les yeux ouverts. Alors, je crie à chaque fois :

— Qu'on m'enlève la tête de ce poisson. Il est en train de me regarder.

Bien entendu, Muriel réplique à chaque fois :

— Oh ! Sheila, arrête de faire l'idiote !

Et papa ajoute :

— Et alors, en quoi cela te gêne qu'il te regarde ? Tu n'es pas trop laide le matin.

Mais cette fois, Grand-Mère a ôté la tête et même la peau de mon poisson. Elle a fait pareil avec celui de Rita.

Maman m'a à peine adressé la parole pendant tout le petit déjeuner. Elle m'a réservé un de ses traitements silencieux. La raison en était facile à deviner.

— Sheila, je ne te comprends pas, a dit maman dès le départ de Rita. Comment est-ce que tu as pu laisser dormir Grand-Mère sur le canapé pour donner son lit à Rita ?

— Mais, pas du tout...

— Encore une chose, a coupé maman. Grand-Mère n'est pas notre bonne. Dorénavant, je tiens à ce que tu fasses la vaisselle quand c'est ton tour, ton ménage et ton lit. Je tiens à ce tu essaies d'avoir plus de considération pour elle, comme Muriel.

— Comme Muriel ? ai-je hurlé. Parce que tu crois que Muriel a de la considération ! Tu crois que c'est une petite sainte, hein ? Parce qu'elle a quinze ans et qu'elle écrit !

Là-dessus, j'ai quitté précipitamment la cuisine pour aller dans ma chambre pleurer en privé. J'ai claqué la porte, mais je l'ai presque immédiatement entrouverte lorsque j'ai entendu maman et Grand-Mère se quereller.

— Pourquoi accuses-tu cette enfant ? disait Grand-Mère. Je te répète que je voulais dormir sur ce sofa.

— Tu n'avais aucune raison de céder ton lit. Il est quand même plus facile pour des fillettes de dormir par terre que pour toi sur ce canapé dur.

Alors, j'ai entendu Grand-Mère faire une chose qu'elle n'avait jamais faite auparavant. Elle criait après maman :

— Marion, je te l'ai déjà dit, un sofa dur serait bon pour mon dos. Seulement, tu refuses d'écouter.

Puis des pas lourds se sont approchés de ma chambre. J'ai fermé la porte et me suis assise dans le fauteuil de Grand-Mère. J'ai attrapé une passiflore et j'ai passé mon doigt sur les feuilles veloutées. On a frappé à la porte.

— Entre, Grand-Mère.

Grand-Mère a passé la tête par l'entre-bâillement de la porte.

— Tu couds une autre feuille ?

J'ai hoché la tête en essayant de sourire.

Elle s'est assise sur le lit, près de moi.

— Personne ne nous comprend, n'est-ce pas, Sheila ?

— Personne ne comprend rien, ici, sauf quand il s'agit de Muriel. Simplement parce qu'elle est la plus âgée, qu'elle lit beaucoup et qu'elle écrit tout le temps. Ils disent même qu'elle deviendra écrivain. Si tu voyais ce qu'elle écrit... Je veux dire... les choses qu'elle écrit probablement... Je veux dire...

— Je sais ce que tu veux dire, a dit Grand-Mère en souriant.

— C'est vrai ?

Elle a fait oui de la tête.

— Tu n'en parleras pas, hein ?

J'ai aussitôt regretté d'avoir dit ça. Bien sûr qu'elle n'en parlera pas. Ce n'est pas son genre.

— Bien sûr que je n'en parlerai pas, a dit Grand-Mère comme si elle lisait en moi. Quelle question !

— Une question stupide, je sais très bien que tu ne diras rien. Tu penses que je suis horrible ? Je veux dire... d'avoir lu le journal de Muriel.

— Non, pas horrible. Peut-être un peu curieuse, c'est tout.

— Je ne sais même pas pourquoi je prends la peine de lire son journal. Elle n'écrit rien de bon.

— Peut-être n'a-t-elle rien de bon sur quoi écrire... Peut-être que, lorsqu'il lui arrivera de bonnes choses, ce qu'elle écrira sera meilleur. Peut-être changera-t-elle. Qui sait ?

— Ce que je suis impatiente d'avoir quinze ans ! Papa et maman accepteront peut-être de m'écouter une fois de temps en temps. (Mais soudain, j'ai été frappée par une découverte :) Oh non !

Quand j'aurai quinze ans, elle en aura vingt. Tu vois, je ne la rattraperai jamais.

— Oh si ! tu la rattraperas. Un jour tout se nivellera. Attends, tu verras.

— Comment peux-tu en être sûre, Grand-Mère ? Comment peux-tu savoir tant de choses ?

— Par expérience, ma chérie. Avec l'âge vient l'expérience. Beaucoup d'expérience, et un peu de sagesse.

Elle m'a tapoté le genou et s'est levée.

— Bon, attends-moi ici, je reviens dans un petit moment. Nous allons faire quelque chose qui va t'égayer.

Je me suis renfoncée dans le fauteuil de Grand-Mère et j'ai continué à caresser les feuilles veloutées de la passiflore. Puis j'ai posé la plante sur mes genoux et j'ai passé les doigts sur les bords du fauteuil, le long des bras si épais, le long du velours côtelé si vieux et si usé. Le fauteuil de Grand-Mère. Le fauteuil de Grand-Père. Il n'était pas si laid, après tout.

Quelques minutes plus tard, Grand-Mère était de retour avec un petit canif et un bocal à confiture à moitié plein d'eau. Dès qu'elle a pris la passiflore sur mes genoux, j'ai su exactement ce que nous allions faire.

— Nous allons préparer une bouture, n'est-ce pas ?

— C'est exact ! a-t-elle dit en examinant la plante. Viens m'aider à choisir une belle tige saine. Avec beaucoup de feuilles.

J'ai choisi une tige avec six feuilles très veloutées.

— Celle-ci, qu'en penses-tu ?

— C'est un bon choix. Voyons, maintenant, prends le canif. Tu n'as qu'à détacher la tige de la plante.

J'ai pris le canif et je suis restée là, hésitante.

— Je ne crois pas être capable de le faire, Grand-Mère. C'est comme si je coupais le bras de quelqu'un.

J'ai frémi en y pensant.

Grand-Mère a eu un petit rire.

— Tu ne feras aucun mal à la plante. Au contraire, tu vas l'aider à se développer encore mieux. Vas-y, maintenant. Coupe la tige.

— Bon, d'accord. Si tu le dis.

J'ai coupé la tige, et Grand-Mère m'a dit de la mettre dans le bocal, en faisant attention de ne pas noyer les feuilles.

— Dans quelques semaines, ta passiflore aura des racines, et tu pourras la planter dans un pot.

— Tu es sûre que ça va marcher ? ai-je demandé en posant le bocal sur ma commode.

— Bien sûr que j'en suis sûre. D'où crois-tu que viennent mes plantes ?

— Je croyais que tu les avais achetées.

— J'en ai acheté quelques-unes, mais la plupart proviennent de boutures, exactement comme la tienne. On n'a pas besoin d'acheter beaucoup de plantes quand on sait faire des boutures.

Je n'en revenais pas, du nombre de choses que je découvrais grâce à Grand-Mère. Et sur Grand-Mère : elle sait créer de nouvelles plantes avec des anciennes, elle ne suit pas de recettes de cuisine, elle connaît les compositeurs de musique, et en plus elle crie. Comme j'ai de la chance qu'elle ne soit pas entrée dans un hospice !

Une semaine plus tard, juste après le petit déjeuner, par une tiède journée de décembre, Grand-Mère a enfilé son manteau et annoncé qu'elle allait rendre visite à ses anciens voisins de l'immeuble.

— Nous allons t'y conduire, a dit maman. Sydney et moi allons en ville. Nous te déposerons.

— Bien sûr, Mère, a dit papa. Nous en serions ravis. C'est tout près de là où nous allons, de toute façon.

Grand-Mère a refusé d'un geste.

— Mais non, merci. Il fait si beau. J'ai envie de faire une belle et longue promenade.

— Justement, a dit maman. C'est une *longue* promenade. Aller et retour, c'est trop pour toi. Nous allons te conduire.

— Si elle y va sans se presser, ça ne lui fera pas de mal, a dit papa.

— Sydney, il y a au moins douze rues à traverser avant d'y arriver. Si Mère a envie de marcher, elle peut faire un petit tour dans la rue. Mais douze pâtés de maisons, c'est stupide, surtout lorsqu'on peut l'y conduire en voiture.

— Dieu merci, j'ai encore l'usage de mes jambes, a dit Grand-Mère. Je vais y aller à pied et tout ira très bien.

— Je te dis que c'est stupide ! a repris maman.

— Tu as raison, a répondu Grand-Mère. C'est stupide de vouloir aller si loin à pied. De toute façon, j'ai changé d'avis. Je reste à la maison.

— Nous allons te conduire, a insisté maman.

— Ce sera pour une autre fois, a dit Grand-Mère en se rasseyant.

Avant de partir, maman a essayé encore une fois de la convaincre.

— Tu es sûre que tu ne veux pas venir avec nous ?

— Merci. J'en suis sûre.

Dès que maman et papa sont sortis, Grand-Mère s'est levée et a pris son manteau.

— J'ai encore changé d'avis, annonça-t-elle sans me laisser le temps de lui poser une seule question.

Elle a ouvert la porte de service et, juste avant de commencer à descendre, elle s'est retournée et m'a fait un clin d'œil.

— Je dirai à Myron que tu lui passes le bonjour.

Quand je suis rentrée de l'école, maman et Grand-Mère se disputaient dans la cuisine. Grand-Mère venait sûrement d'arriver, car elle avait encore son manteau.

— C'était si simple pour nous de t'y conduire, disait maman. Mais non, il a fallu que tu fasses l'aller et retour à pied, toute seule. Il aurait pu t'arriver quelque chose. Et qu'est-ce que nous aurions fait ?

— Il ne m'est rien arrivé, a dit Grand-Mère en déboutonnant son manteau. Je suis vieille, mais pas impotente. J'aimerais bien que tu cesses de me traiter comme une invalide.

— Et moi, j'aimerais bien que tu ne sois pas aussi têtue.

— J'ai presque quatre-vingts ans, a répondu Grand-Mère. J'ai gagné le droit d'être têtue.

Puis elle a quitté la cuisine.

Quelques jours plus tard, par une froide matinée, j'étais en train de chercher un collant pour porter sous mon jean. Il m'a fallu vider un tiroir entier avant d'en trouver un sans trous aux orteils. Je m'apprêtais à jeter tous les autres lorsque Grand-Mère a dit :

— Je pourrai te les raccommoder, si tu veux.

— Merci, Grand-Mère. Parce que ce soir, celui-ci aussi sera bon à jeter. J'oublie tout le temps de me couper les ongles des pieds.

Pendant que maman préparait le petit déjeuner, Grand-Mère, assise devant la table de la cuisine, raccommodait mes collants.

— Pourquoi ne t'installes-tu pas près de la fenêtre ? a suggéré maman. La lumière est meilleure.

— J'y vois parfaitement ici, a répondu Grand-Mère.

Maman a fait tss-tss, mais elle a continué à préparer le petit déjeuner. Le temps que je finisse de manger, elle a recommencé ses tss-tss.

— Mère, tu as assez cousu pour aujourd'hui. Arrête-toi. Tu vas te fatiguer les yeux.

— Marion, laisse-moi tranquille, je te prie.

— Mais ils n'en valent pas la peine ! C'étaient des collants bon marché.

— Tu as raison, a dit Grand-Mère en se levant. Tu as toujours raison. Alors à quoi bon discuter avec toi ? Je suis trop fatiguée pour me quereller encore.

Elle a jeté les collants dans la poubelle et s'est retirée dans sa chambre.

Alors, un peu à cause de ce qu'elle avait dit à Grand-Mère et un peu parce que j'étais vexée que maman m'achète des collants bon marché, j'ai fait tss-tss et je suis sortie pour aller à l'école.

La première neige de la saison est tombée ce jour-là. Elle tombait, blanche et lourde, et je ne pouvais pas m'empêcher de la regarder en me demandant si c'était de la bonne neige pour faire des boules.

Pour passer le temps, Rita et moi nous glissions des petits mots pendant la classe.

Regarde par la fenêtre. Tu vois ce que je vois ?
Sheila
Tu es invitée pour une bataille de boules de neige. Chez moi. Après l'école.
Rita
Peux pas. J'ai autre chose en tête.
Sheila

Après l'école, je suis rentrée à la maison en courant et en faisant voler la neige avec mes tennis. Heureusement, j'avais mes moufles. Elles étaient toujours dans ma poche depuis l'année précédente. J'ai fait une boule de neige, pour essayer. Parfaite. Puis je me suis précipitée dans la maison pour chercher Grand-Mère, laissant des traces humides sur le lino et la moquette.

— Grand-Mère, Grand-Mère ! Où es-tu ?

— Ici, ma petite fille.

Je suis entrée en coup de vent dans la chambre. Elle était assise dans le fauteuil. Elle avait l'air tellement seule, comme ça !

— Grand-Mère, enfile ton manteau et tes bottes. Nous allons faire un bonhomme de neige.

— Un bonhomme de neige ?

— Oui. Là, derrière la maison, devant notre fenêtre. Juste toi et moi.

— Mais c'est merveilleux ! Je n'en ai pas fait depuis des années. Après, nous boirons une bonne soupe chaude.

J'ai attendu qu'elle enfile ses vêtements d'hiver, puis nous sommes allées dans la cour. Je n'ai pas pris le temps de chausser mes bottes : de toute façon, mes pieds étaient déjà mouillés.

Grand-Mère s'est mise à modeler la tête du bonhomme de neige. Moi, je confectionnais son tronc et sa base. Pendant que nous tassions les boules de neige, j'ai demandé :

— Où est maman ? Toujours occupée avec son truc de poupées ?

— Non, a dit Grand-Mère. Aujourd'hui, elle est sortie avec ses reproductions.

Non seulement maman est une dame à poupées, mais elle est également une dame à reproductions. Elle fait le tour des écoles avec les reproductions des chefs-d'œuvre de la peinture et elle parle des artistes aux enfants.

La base et le tronc du bonhomme de neige étaient terminés. Juste au moment où Grand-Mère allait mettre la tête en place, un coup très fort a été frappé à la fenêtre. Maman et Muriel se trouvaient dans ma chambre et nous regardaient. Elles frappaient comme des folles. J'ai cru qu'elles allaient casser le carreau. J'ai souri en agitant la main. Elles n'ont pas agité la leur. Puis, dès que la tête du bonhomme de neige a été à sa place, elles sont arrivées toutes les deux en courant.

— Mère, criait maman, arrête ! Ça suffit ! Tu veux tomber malade ?

Elle a saisi Grand-Mère par le bras et l'a conduite à la maison.

— Veux-tu me dire ce que tu étais en train de faire ?

— Parfaitement. J'aidais Sheila à réaliser son bonhomme de neige. Et il aurait été très joli si tu n'étais pas rentrée trop tôt !

Pendant que, moi aussi, je me dirigeais vers la maison, Muriel n'arrêtait pas de me dire :

— Oh ! Sheila, comment est-ce que tu as pu ?

Tandis que Grand-Mère ôtait son manteau dans l'entrée, je suis allée dans la cuisine pour enlever mes tennis trempées. Sous les tennis trempées, le collant était trempé lui aussi, et mes orteils passaient au travers. Je me suis assise par terre pour me réchauffer les pieds devant le radiateur. Pendant que je tortillais mes orteils, maman m'a demandé :

— Qui a eu l'idée de faire un bonhomme de neige ?

— C'est moi. J'ai pensé que ça amuserait Grand-Mère.

— Mais, Sheila, tu n'aurais pas dû. Comment peut-on faire faire un bonhomme de neige à une femme de quatre-vingts ans ?

— Elle n'a que soixante-dix-neuf ans. Et c'est un tout petit bonhomme de neige.

Maman a mis une casserole d'eau à bouillir.

— Sheila, ma petite fille, essaye de comprendre. Grand-Mère se fait de plus en plus vieille. Elle ne devrait pas trop se fatiguer. Et elle se fatiguera si on ne la surveille pas. C'est pour ça que nous l'avons amenée ici vivre avec nous. Pour que nous puissions avoir un œil sur elle. Elle ne sait pas se limiter. Les vieilles gens sont comme ça, parfois. Elles pensent qu'elles sont capables d'effectuer les mêmes choses que lorsqu'elles étaient jeunes. Et elles ne le sont pas.

— Grand-Mère était assise dans son fauteuil à ne rien faire. Elle semblait si seule. Elle n'a presque jamais rien à faire.

— Je crains que faire un bonhomme de neige ne soit pas l'occupation idéale.

— Je pourrais peut-être lui apprendre à jouer du piano ?

— C'est de l'idiotie pure, a dit Muriel. Elle est trop âgée pour apprendre à jouer d'un instrument de musique.

— Et puis, elle a de l'arthrite dans les doigts, a ajouté maman.

Elle a versé l'eau chaude dans un verre, avec du miel, du citron et un sachet de thé, et l'a porté à Grand-Mère.

Quand Muriel et moi nous sommes retrouvées seules dans la cuisine, elle s'est remise à jouer le rôle de la seconde mère.

— Sheila, j'aimerais que tu cesses de créer des histoires. Arrête de faire des vagues.

— Quelles vagues ?

— Tu sais très bien ce que je veux dire. Tu crées toutes sortes de problèmes en agissant comme tu le fais avec Grand-Mère. Cette histoire de bonhomme de neige, par exemple.

— Ce n'est pas moi qui crée les problèmes. Les problèmes, ils existent déjà ici. Grand-Mère aime l'activité et elle n'a pas grand-chose à faire. J'essaie seulement de l'aider un peu. Plus que toi. Toi, tu ne sais que te cacher tout le temps dans ta chambre. Et tu te fiches de tout ce qui peut se passer dans le reste du monde !

— Ce n'est pas vrai, a-t-elle dit, en colère. Moi aussi, je suis concernée. Même dans notre pays il y a la faim, la pauvreté, le chômage et les catastrophes naturelles. Je me soucie beaucoup du reste du monde, au contraire.

— Ce n'est pas de ce monde-là que je parlais.

Je me suis dirigée vers ma chambre pour voir Grand-Mère. Elle était assise dans son fauteuil et regardait le bonhomme de neige par la fenêtre.

— Un si joli bonhomme de neige ! Dommage qu'il n'ait pas de visage !

— Dans un petit moment, je sortirai et je lui en ferai un, Grand-Mère.

— Qu'est-ce que tu vas lui mettre pour les yeux ?

— Est-ce que nous avons des olives noires ?

— Des olives noires ? Oui, je crois que nous en avons.

— Alors, nous lui mettrons des olives noires.

Grand-Mère m'a regardée en riant.

— Ça fait cher les yeux, a-t-elle dit.

Pendant les deux jours qui ont suivi, j'ai appris deux choses :

1. L'eau sucrée est meilleure contre la toux que le lait chaud.

2. Si vous ronflez en dormant sur le dos, dormez sur le côté, et vous ne ronflerez peut-être plus.

Voici comment j'ai découvert ces deux choses. Le temps de mettre des yeux et de modeler un nez au bonhomme de neige, le mien s'est enrhumé. Puis le rhume s'est faufilé dans ma poitrine. Muriel a dit que j'étais tombée malade à cause de mes tennis mouillées. Moi, j'ai dit qu'il y avait un microbe qui se baladait à l'école et que j'avais dû l'attraper.

Une nuit, j'ai rêvé que j'étais à la plage en train de nager dans l'océan. Je toussais, je toussais sans pouvoir m'arrêter. Je buvais l'eau de l'océan, mais elle était salée et me faisait tousser encore davantage. Des milliers de gens me regardaient et s'éloignaient parce que j'étais contagieuse. Puis, très vite, je me suis retrouvée toute seule dans l'immense océan, toussant encore et encore, et buvant encore et encore...

— Bois ça, Sheila. Réveille-toi et bois.

— C'est trop salé. Ça me fait tousser.

— Ce n'est pas salé. C'est sucré. Bois, Sheila. Tu te sentiras mieux.

C'était sûrement maman. Elle est là avec du lait chaud chaque fois que j'ai une quinte de toux. Alors j'ai bu. Et la toux s'est arrêtée. Mais qu'est-ce que je buvais ? Ça n'avait pas le goût du lait. Une main fraîche m'a touché le front et les joues. La voix était maintenant plus distincte.

— Là, voilà, ça va mieux, hein ?

Alors j'ai compris que la voix et la main étaient celles de Grand-Mère. Et au lieu du lait chaud, c'était de l'eau sucrée. Grand-Mère m'a encore donné de l'eau sucrée pendant les deux nuits suivantes. Chaque fois, la toux s'est arrêtée et j'ai pu me rendormir.

Au début, j'étais trop malade pour faire quoi que ce soit, excepté dormir. Même le matin, quand papa entrait et demandait : « Qu'est-ce que tu veux que je te rapporte aujourd'hui, en rentrant ? », je lui répondais que je ne voulais rien. Mais mieux j'allais, plus les jours se sont mis à s'étirer. Je regardais les racines de ma passiflore qui poussaient et j'essayais de m'occuper en lisant le journal de Muriel. J'ai même lu certains passages deux fois.

8 h 00   *Cette Sheila ! Imaginez un peu. Des olives noires hors de prix pour un bonhomme de neige. J'aurais pu les manger.*

16 h 30   *Cette Élaine ! Elle m'a pratiquement ignorée toute la journée. Elle passe tout son temps avec Jeffrey.*

17 h 00	*Sheila est vraiment malade. Quelle chance elle a ! Pas d'école. Téléphone... C'est pour moi. Je reviens. Je suis de retour. C'était Élaine. Gnagna-gna et gna-gna-gna. Elle ne parle que de Jeffrey. Elle n'arrête pas.*
20 h 00	*Téléphone... pour moi encore. Élaine sort avec Jeffrey pour la Saint-Sylvestre. Moi, je ne vais nulle part.*

Mais la plupart du temps, mes journées étaient vides et mornes. C'était affreux de n'avoir rien à faire, d'être obligée de traîner à la maison toute la journée. Comme Grand-Mère. Pour elle aussi les journées étaient vides, elle faisait beaucoup de siestes et je la regardais dormir. J'avais remarqué qu'elle ronflait seulement lorsqu'elle était couchée sur le dos. Chaque fois qu'elle se tournait sur le côté, elle ne ronflait plus. Je n'aime pas voir Grand-Mère dormir sur le dos. Pas seulement parce qu'elle ronfle. Ça ne me dérange plus tellement. Mais ça m'effraie de la voir sur le dos.

Ça me fait penser aux morts. Une fois ou deux, Grand-Mère a dormi sur le dos sans ronfler. J'ai pensé qu'elle était morte. Je n'ai pas quitté sa poitrine des yeux, pour être sûre qu'elle montait et descendait bien, ce qui prouvait qu'elle vivait toujours et qu'elle respirait. J'aimerais qu'elle dorme tout le temps sur le côté et qu'elle ne me fasse plus peur comme ça.

En dehors des siestes, Grand-Mère s'asseyait dans son fauteuil et contemplait le bonhomme de neige aux yeux d'olives. Nous regardions ensemble ses photos et, à ces moments-là, elle semblait heureuse. Aussi, un jour, quand papa m'a demandé : « Qu'est-ce que je peux te rapporter aujourd'hui ? », j'avais ma réponse.

— J'y ai réfléchi, papa, et je sais exactement ce que je veux.

— D'accord. Dis-le-moi. C'est comme si tu l'avais déjà.

— Un album photo !

L'album était rouge, doré sur tranche, avec la possibilité d'ajouter des feuilles supplémentaires. Grand-Mère a souri en le voyant.

— Il est beau...

— C'est papa qui te l'a acheté.

Il avait également rapporté un paquet de coins autocollants dorés pour fixer les photos, qui ainsi feraient un bel effet sur les pages noires. J'étais contente qu'il n'ait pas choisi un album avec des pages en plastique transparent. Grand-Mère les aurait remplies en un rien de temps. Mais, avec cet album, il fallait d'abord placer les coins aux angles des photos et ensuite coller le tout sur les pages. Il y avait des chances pour que les coins se décollent, exactement comme dans mon album où je collectionne des coupures de journaux, et Grand-Mère serait obligée de recommencer. Un projet comme celui-là pouvait l'occuper pendant longtemps, peut-être même un an.

C'était agréable de voir Grand-Mère prendre tant de plaisir à lécher les coins, à coller les photos en fredonnant la *Valse anniversaire*. Je suppose qu'elle était très douée pour lécher et coller, parce qu'il lui a fallu un peu moins d'un an pour fixer toutes les photos... à peu près quatre jours. Mais nous avons passé toutes les vacances d'hiver à feuilleter l'album, en commençant par le tout début.

Il y avait des tas de photos de maman à tous les âges, à la ferme de Lakewood dans le New Jersey. Il y en avait une où elle avait sept ou huit ans, et tenait une valise à la main.

J'ai demandé :

— Où est-ce qu'elle allait ?

— Nulle part. Elle revenait.

— D'où ?

— D'une fugue. Elle voulait fuir la maison.

— Pourquoi elle avait fui ?

— Je ne m'en souviens plus. Mais elle a fait sa valise pour s'enfuir et ne plus revenir.

— Mais elle est revenue, hein ? puisqu'elle est ici, maintenant.

— Oh oui ! Une heure après, elle est sortie de dessous le perron en disant qu'elle avait faim.

— C'est exactement ce que pourrait dire Muriel.

Grand-Mère tournait les pages en continuant à raconter des anecdotes.

— Cette photo a été prise la veille du jour où ta mère est tombée, le derrière dans un seau rempli d'eau bouillante. Elle doit encore avoir une cicatrice. Et celle-ci a été prise le lendemain de sa chute dans l'escalier, où elle s'est cassée les dents de devant.

— Tu veux dire que tout ça est arrivé à *maman* ?

Je me demandais si maman était au courant pour la cicatrice.

— Bien sûr. Tout ça, et encore bien davantage. Mais je n'arrive plus à m'en souvenir, maintenant.

Grand-Mère et moi regardions maman grandir et se marier. Nous avons vu Muriel et moi bébés, mes tantes, oncles et cousins qui vivent toujours dans leur ferme. C'était comme si je lisais un livre écrit par Grand-Mère.

— Pourquoi as-tu quitté Lakewood ?

— Quand ta mère s'est mariée et qu'elle est partie de la maison, nous nous manquions beaucoup. Alors elle m'a demandé de venir vivre près d'elle.

— Tu n'as pas regretté la ferme ?

— Oh si ! Et aussi le reste de la famille. Mais ils sont tous ensemble, là-bas. Et puis, les mères se sentent particulièrement proches de leurs filles, tu sais. Alors, j'ai tout laissé, et je suis venue m'établir en ville.

— Je suis contente que tu l'aies fait, Grand-Mère.

— J'en suis contente, moi aussi. C'était bon d'être tout près de toi et de Muriel, de vous regarder grandir. C'était merveilleux.

C'était merveilleux. Grand-mère a dit : « *C'était bon.* » Est-ce que ça voulait dire que ça ne l'était plus ?

Dès la seconde semaine de janvier, nous avions fini de regarder l'album. Et maintenant, qu'est-ce qu'elle allait faire, Grand-Mère, pendant le reste de l'année ?

Maman n'était d'aucune aide. Elle refusait toujours de voir Grand-Mère effectuer quoi que ce soit dans la maison. Une fois où elle devait sortir, elle a demandé à Grand-Mère de mettre le rôti au four à trois heures. Et une autre fois, elle lui a demandé si ça ne la dérangeait pas de prendre un message parce qu'elle attendait un coup de téléphone. Et lorsque les peintres sont venus, elle lui a demandé de les surveiller. Mais c'est à peu près tout.

De temps en temps, si le temps n'était pas trop mauvais, Grand-Mère et moi sortions nous promener. On s'arrangeait toujours pour que maman ne soit pas dans les parages : nous évitions ainsi de nous faire houspiller pour être restées trop longtemps dehors ou être allées trop loin.

J'adorais me promener avec Grand-Mère, parce que c'était à ce moment-là qu'elle racontait des choses sur elle-même, lorsqu'elle était petite fille en Russie. Imaginer maman petite fille était déjà difficile. Grand-Mère, c'était presque impossible.

Une fois, elle m'a raconté le jour où il y avait eu une fanfare dans son village.

— C'était la première fanfare que je voyais de ma vie. Oh ! toute cette musique, tous ces gens ! C'était magnifique. Je me suis mise à suivre la fanfare, et je me suis retrouvée dans un verger. Toute seule dans une pommeraie. Sans savoir comment j'y étais arrivée.

— Tu as dû avoir une de ces peurs !

— Oh oui ! j'ai eu très peur ! Je me souviens qu'il y avait plusieurs portes à claire-voie. Des quantités de portes. Je n'arrêtais pas d'entrer et de sortir par toutes ces portes, jusqu'à ce que, finalement, je reconnaisse des maisons du village, ce qui m'a permis de retrouver mon chemin et de rentrer chez moi. Après ça, je peux t'affirmer que jamais plus je n'ai suivi de fanfare.

Grand-Mère a ri. Toute la journée elle a semblé mieux.

Mais toutes les histoires ne la faisaient pas rire. Un jour, elle m'a parlé des pogroms, des terribles massacres dans son village, de la foule en colère qui envahissait les villages où vivaient les Juifs, brûlant, pillant, assassinant les gens. Tout le monde devait se cacher.

— Une fois, a raconté Grand-Mère, nous nous sommes dissimulés dans le cellier, derrière des sacs de pommes de terre. On entendait, au-dessus de nous, des hommes en colère hurler en cassant tout. Nous ne pouvions rien faire. Pas un murmure, pas un reniflement, pas même un soupir. Ils nous auraient tués. Tous. Les mères, les bébés,

111

tout le monde. Beaucoup de nos voisins n'ont pas eu autant de chance que nous.

Après cette histoire, j'ai imaginé Muriel et moi cachées dans notre sous-sol, derrière des sacs de pommes de terre, essayant de toutes nos forces de ne pas respirer.

Pendant l'une de nos promenades, Grand-Mère m'a offert un pot en terre cuite et un paquet de terreau. Ma passiflore avait déjà des racines. C'était une petite plante saine, prête à être empotée, avait dit Grand-Mère. En arrivant à la maison, elle m'a aidée à tasser le terreau et à planter la passiflore.

— Fais-lui prendre beaucoup de soleil, et prends soin de ne pas trop l'arroser.

J'ai posé la plante sur le rebord de la fenêtre, à côté de celles de Grand-Mère. C'était merveilleux d'avoir ma passiflore à moi sans avoir à me soucier de gratter tout le velours des feuilles.

Mais, la plupart du temps, Grand-Mère restait à la maison à regarder par la fenêtre. Il n'y avait pas grand-chose à voir. Notre bonhomme de neige avait fondu, et ses yeux d'olives avaient disparu. J'ai demandé à Muriel si elle les avait mangées. Elle m'a répondu par un grognement.

Quelquefois, Grand-Mère s'asseyait devant la télé, mais son visage était sans expression, et je me rendais compte qu'elle regardait sans voir. Elle s'installait très près du poste, ce qui m'inquiétait beaucoup à cause des radiations. Mais Rita m'a expliqué :

— Il faut environ quinze à vingt ans pour que les radiations aient un effet. Comme ta grand-mère a déjà soixante-dix-neuf ans, elle a peu de chances d'en souffrir.

Je n'aimais pas que Rita parle comme ça. Je refusais de penser que Grand-Mère puisse ne plus être là, un jour.

Et Grand-Mère, ma Grand-Mère à moi, qui aimait le matin, s'est mise à se lever tard et à se mettre au lit tôt. Et ses siestes se faisaient de plus en plus longues. Chaque soir, avant de se coucher, je l'entendais marmonner dans sa barbe. Mais impossible de distinguer les mots qu'elle prononçait. Ils ne semblaient pas vouloir dire vraiment quelque chose. Est-ce qu'elle devenait sénile ? C'était donc ça dont parlait Rita ? Je surveillais les signes avant-coureurs de la sénilité, mais sans trop savoir lesquels exactement. Grand-Mère n'agissait pas comme une folle, ni rien. Elle était seulement très triste.

Personne d'autre dans la maison ne se rendait compte que quelque chose n'allait pas. Papa avait beaucoup de travail. Je le voyais à peine. Maman était occupée avec ses poupées et ses reproductions. Et elle participait à des collectes.

Maman collecte beaucoup. Elle se rend dans toutes les maisons du voisinage pour récolter de l'argent au profit d'œuvres humanitaires. Elle fait des collectes pour le cancer et la névrose en claque[1] et tout un tas de maladies. Elle pense que

---

1. Note de l'éditeur (N.D.E.) : Sheila répète quelquefois des mots qu'elle n'a pas très bien entendus ou pas très bien compris. Elle veut parler de la sclérose en plaques, qui est une maladie très grave.

c'est le moins qu'elle puisse faire pour témoigner sa gratitude d'avoir une famille en bonne santé.

Un jour, en février, pendant que maman s'apprêtait pour la collecte annuelle de la Croix-Rouge, j'ai demandé :

— Pourquoi tu n'emmènes pas Grand-Mère avec toi ? Ça pourrait l'amuser.

— Il lui serait pénible de marcher autant, a répondu maman. Et puis, toute seule, je peux faire tout mon secteur tellement plus vite.

Muriel n'a probablement rien remarqué non plus. Soit elle s'enferme dans sa chambre, soit elle mange. Grand-Mère s'est arrangée pour qu'il y ait constamment des carottes et du céleri à la maison, dans des endroits stratégiques. Pas seulement sur l'étagère en haut du frigo, mais aussi dans des bocaux sur le buffet et sur la table de la cuisine. Mais Muriel ne comprend pas l'allusion. Elle s'arrange pour éviter les carottes et le céleri, et pour dénicher de la nourriture plus appétissante et grossissante.

Un soir, après l'école, elle m'a trouvée dans la cuisine en train de réchauffer un potage de légumes.

— Tu es censée diluer ça, m'a-t-elle informée en regardant par-dessus mon épaule.

— Je l'aime concentré.

J'ai emporté la casserole et la cuillère sur la table et je me suis mise à manger. Elle s'est assise en face de moi et m'a regardée.

— Tu en veux ?

— Oh non ! Rien qu'à te regarder manger, j'en perds l'appétit, a-t-elle dit en prenant une carotte.

« Rien ne peut *te* faire perdre l'appétit », me suis-je dit.

— Tu es sûre que tu ne veux pas un peu de potage, Muriel ? Pour une fois dans ta vie, tu devrais faire quelque chose d'osé !

— C'est vraiment ridicule, a-t-elle dit en se levant, d'être assise avec toi en train de parler potage.

— Alors, parlons d'autre chose.

Elle s'est rassise.

— De quoi ?

— Je ne sais pas. Il y a sûrement quelque chose dont nous pouvons parler. Nous sommes sœurs, non ? Nous ne parlons *jamais*. Comment se fait-il que tu ne me dises jamais rien, Muriel ?

— Te parler, à *toi* ? Sheila, tu as dix ans. Je ne peux pas me confier à une gamine de dix ans ! Tu ne comprendrais rien.

— Bien sûr que si. Je comprends des tas de choses. Je suis au courant des affres et des anxiétés de l'adolescence.

— Où est-ce que tu as entendu ça ?

— Oh ! par-ci par-là. C'est en rapport avec la croissance. Et si tu m'expliquais, tu pourrais peut-être me faciliter les choses lorsque ce sera mon tour.

— T'expliquer ? Je n'arrive même pas à comprendre moi-même.

— Ben, dis-moi au moins ce que ça fait d'être adolescente.

Muriel a posé ce qui restait de sa carotte sur la table et s'est arrêtée de mâcher.

— Ce que ça fait ? Rien. On y est, c'est tout. Pour moi, il ne se passe rien. Je ne fais que rester ici, et grossir. Mais ne t'inquiète pas. Pour toi, tout ira bien. Comme pour Élaine. Il lui arrive toujours des tas de choses. Elle a Jeffrey, et elle fait partie de tout, de la claque pour l'équipe de base-ball, des majorettes. De *tout*.

— Et alors, tu parles d'une affaire ! Qu'est-ce qu'il y a de si formidable à faire partie de la claque de sport et des majorettes ? Elles sont idiotes, à mon avis. C'est comme si on te demandait ce que tu ferais quand tu serais grande et que tu répondais : « Ma grande ambition dans la vie, c'est de faire partie de la claque des supporters de base-ball et d'être majorette. »

Muriel a eu un petit gloussement de rire.

— Ou comme si on te demandait quel diplôme tu avais et que tu disais : « Je suis licenciée ès claque et ès majorettes. »

Nous avons éclaté de rire toutes les deux.

— Tu vois comme c'est amusant de parler !
ai-je dit à Muriel. Nous devrions le faire plus
souvent.

C'était vraiment agréable de discuter avec elle
comme ça, et j'ai pensé que c'était une bonne
occasion de lui dire quelque chose qui pourrait
la faire se sentir moins seule.

— Muriel, je n'ai jamais confié ça à personne,
mais je me réveille quelquefois au milieu de la
nuit avec une peur horrible en pensant à ce qui
arriverait si maman et papa mouraient, combien
ils me manqueraient et combien je serais seule.

— Oh ! Sheila, c'est vrai ?

— Enfin, plus tellement maintenant. Mais
quand j'étais plus petite.

— Ne t'inquiète pas, mon poussin. « Ça n'arrivera pas. »

— Bien sûr. Je sais.

C'était la première fois qu'elle m'appelait « mon
poussin ». Un jour peut-être, nous allions vraiment nous rejoindre.

Mais, après ce jour où nous nous étions confiées l'une à l'autre, Muriel est redevenue susceptible et irritable, en proie aux affres et aux anxiétés de son adolescence. Puis, encore quelque temps après, elle m'a souri. Comme ça, en rentrant de l'école, sans aucune raison, à ma connaissance.

— Bonjour, Sheila.

— Hein ?

— J'ai dit : « Bonjour, Sheila. »

— Ah oui ! Bonjour, Muriel. Tu vas bien ?

— On ne peut mieux. À propos, Sheila, tu peux demander à Rita de venir dormir samedi soir, si tu veux. Vous prendrez ma chambre. Je dormirai dans ton lit. Et pas besoin de changer les draps.

— Chouette ! Merci, Muriel. Je vais lui demander dès aujourd'hui.

Puis, toujours souriante, Muriel est sortie en dansant de la cuisine pour se rendre dans sa chambre, sans même un regard pour le réfrigérateur. Je l'entendais chanter malgré la porte fermée.

« Mince alors, elle perd la tête, ai-je pensé. Cette Muriel devient maboule. » Ensuite, je me suis précipitée chez Rita pour l'inviter à dormir.

16 h 00   *Jeffrey a un copain, Ralph. Élaine veut savoir si ça m'intéresse. Peut-être pour samedi soir. C'est demain. J'ai répondu : « Bien sûr, pourquoi pas ? » Ralph, joli nom. Élaine dit qu'il a une figure sympathique.*

20 h 00   *Téléphone d'Élaine. Affaire conclue pour samedi soir. C'est demain. Une boum ! Je ne crois pas que je pourrai fermer l'œil ce soir.*

8 h 00   *C'est aujourd'hui ! Je n'ai pas fermé l'œil. Comment vais-je me coiffer ? Je vais peigner mes cheveux mais sans les apprêter.*

10 h 00   *Trop surexcitée pour prendre mon petit déjeuner. Je n'arrive pas à décider quoi mettre. Mon vieux jean est trop*

dégueulasse. Mon jean neuf est trop neuf. J'espère que je sens bon.

13 h 00   *De quoi vais-je parler ce soir ? Est-ce que je joue les sophistiquées en disant : « Salut, Ralph » ? Je ne suis pas sophistiquée. Mais je ne suis pas coquette non plus.*

19 h 00   *Je suis prête. Je ne veux pas y aller. Mes cheveux ont l'air d'être apprêtés. Mon jean est trop serré. Je l'ai peut-être trop lavé. Ralph sera là entre 19 h et 19 h 30. J'ai peut-être encore le temps d'appeler Élaine pour annuler. On sonne. Trop tard ! Au secours !*

— Ben, ça explique un tas de choses, ai-je murmuré à Rita, samedi soir.

— Pourquoi tu chuchotes ? Muriel est déjà partie.

— C'est vrai, j'avais oublié. Ça explique un tas de choses. Ça explique la seconde douche

123

super-longue, le fer à friser, et son jean tout neuf qu'elle a fait bouillir six fois dans la machine à laver.

— Et aussi sa bonne humeur d'hier, a ajouté Rita. Mais comment va-t-elle être demain si elle passe une soirée pourrie ?

— J'ai peur d'y penser, ai-je dit en remettant le journal sous le matelas où Muriel l'avait spécialement caché pour cette nuit-là.

Nous nous sommes affalées sur le lit de Muriel.

— Il est comment, Ralph ? a demandé Rita.

— Pas la moindre idée. Muriel m'a chassée quand il a sonné, en disant qu'elle ne voulait pas que je le regarde bouche bée.

Vers neuf heures, je suis allée souhaiter une bonne nuit à Grand-Mère. J'ai juste entrouvert la porte pour savoir si elle dormait. Je ne voulais pas la réveiller. J'ai écouté très attentivement. Aucun signe de sommeil, ni respiration égale ni ronflements. Mais il y avait tout de même un bruit. Grand-Mère pleurait.

Je ne savais pas quoi faire. C'était la première fois que j'entendais Grand-Mère pleurer. J'avais envie d'aller vers elle, mais je n'ai pas pu. Elle n'aurait pas aimé que je la voie comme ça. Alors j'ai refermé la porte et je suis restée devant un instant.

J'ai entendu maman et papa parler dans la salle de séjour. J'ai pensé : « Je devrais leur dire. Ils sauraient quoi faire, comment s'arranger pour que Grand-Mère ne pleure plus. » Mais ça n'aurait peut-être pas été bien de ma part de leur dire. C'était comme si on m'avait confié un secret, comme si je ne tenais pas une promesse. Alors je suis rentrée dans la chambre de Muriel. J'ai éteint et je me suis mise au lit.

La voix de Rita s'est fait entendre dans l'obscurité.

— Hé, Sheila, qu'est-ce qui se passe ?

— Je suis fatiguée. J'ai envie de dormir.

Dans le noir, j'ai pensé aux sanglots de Grand-Mère. J'ai fermé les yeux et, tout au fond de moi, j'ai pleuré aussi.

125

Le lendemain matin, le petit déjeuner a été calme. Papa dormait encore pour rattraper un peu de sommeil. Muriel n'a pas beaucoup parlé. Et Grand-Mère ne s'est pas montrée.

Rita est partie après avoir mangé. Une heure après, elle m'a appelée.

— Quand est-ce que je peux venir ?

— Tu viens de partir.

— Je sais. Mais je meurs d'envie de jeter un coup d'œil sur le journal de Muriel pour savoir ce qui s'est passé hier soir.

— Si elle a écrit quelque chose d'intéressant, je te tiendrai au courant.

Et pourtant, j'ai pensé que je n'en ferais rien, pour une raison que je ne comprends pas bien moi-même.

Muriel est restée silencieuse presque toute la matinée. Un moment, elle s'est assise au piano et a joué quelques notes. Mais pas vraiment de la musique.

Quand elle a eu fini, j'ai demandé :

— Et ton rendez-vous avec... comment s'appelle-t-il ?

— Ralph, il s'appelle Ralph. C'était agréable, Sheila, vraiment très agréable. Nous sortons encore ce soir. Il m'emmène aux *Mille et un parfums*. Ralph adore littéralement la glace au réglisse.

Maman a demandé deux fois à Muriel :

— Tu as passé une bonne soirée, ma chérie ?

Chaque fois Muriel a répondu :

— Oh oui ! maman. Vraiment très bonne.

Mais maman n'a pas semblé prêter attention à la réponse de Muriel. Elle avait l'esprit ailleurs. Je me demandais si elle avait découvert le chagrin de Grand-Mère.

— Sydney, a-t-elle finalement dit à papa dès qu'il s'est levé, Mère n'a rien mangé de toute la matinée. C'est la seconde fois qu'elle saute le petit déjeuner cette semaine.

— Eh bien, elle n'a peut-être pas faim. À ma connaissance, il n'y a pas de loi qui oblige à ne pas sauter le petit déjeuner de temps à autre.

— Si vous voulez mon avis, je crois qu'elle n'est pas très heureuse.

— Qu'est-ce qui te fait dire une chose pareille ? a demandé maman.

Ils n'étaient pas au courant de Grand-Mère qui pleurait. Peut-être qu'ils devraient le savoir. Ce serait la seule façon d'aider Grand-Mère. Alors j'ai dit :

— Hier soir... elle pleurait.

— Sheila, pourquoi ne pas l'avoir dit plus tôt ?

— Je ne voulais pas vous inquiéter.

— Maintenant, je suis vraiment inquiète.

— Tu sais, a dit papa, peut-être que Mère a besoin de la compagnie de gens de son âge. Une gentille dame avec laquelle elle aurait quelque chose en commun.

— C'est une bonne idée ! a dit maman. Il doit bien y avoir une dame de son âge dans les parages.

Maman et papa allaient aider Grand-Mère. Je me sentais déjà mieux. Je me suis servi du fromage blanc qui se trouvait sur la table.

 128

— Que pensez-vous de la grand-mère de Rita ? ai-je dit la bouche pleine.

— Et l'ancienne baby-sitter de Sheila, Mme Nussbaum ? a suggéré papa.

— Non, chéri, je ne crois pas. J'ai entendu dire qu'elle était de plus en plus dure d'oreille, et elle refuse de porter une prothèse. Mère aurait du mal à faire la conversation avec elle.

Je me suis versé un verre de lait pour faire descendre le fromage blanc et j'ai redit :

— Et la grand-mère de Rita ?

— Et cette charmante dame, Mme je-ne-sais-plus-son-nom, qui était couturière avant que sa vue baisse ?

— Oh ! tu veux dire Mme Bloom ? Je ne suis pas très sûre non plus pour elle. Elle se plaint tout le temps de ses douleurs et de ses maladies. Et elle n'omet aucun détail quand elle raconte ses visites chez le médecin.

— Et la grand-mère de Rita ?

— Et cette dame qui tient la petite poissonnerie en face des *Mille et un parfums* ? Elle doit se sentir très seule, à passer toutes ses journées dans cette odeur de poisson.

— Ce ne serait pas une joyeuse compagnie pour Mère. Elle n'a pas d'autre sujet de conversation que les malades qu'elle connaît ou les morts qu'elle a connus.

Je me suis levée de table pour partir, mais j'ai décidé de leur accorder une chance supplémentaire.

— Et la grand-mère de Rita ?

Maman a levé les yeux vers moi.

— Qu'est-ce que tu disais, Sheila ?

— Je disais : « Et la grand-mère de Rita ? »

— La grand-mère de Rita ! Mais oui, bien sûr, Mme Plumb. Comment n'y ai-je pas pensé plus tôt ? Elle est parfaite.

— Sauf pour une chose.

— Laquelle ?

— C'est une vieille sorcière.

— Voyons, Sheila, ce n'est pas très gentil de dire ça de quelqu'un.

— Ce n'est pas mon opinion. C'est celle de Rita. Je ne suis jamais restée assez longtemps avec Mme Plumb pour découvrir si c'est une vieille sorcière ou non.

— Eh bien, vieille sorcière ou pas, je vais les faire se rencontrer toutes les deux un de ces jours.

Grand-Mère est sortie de sa chambre pour déjeuner avec Muriel et moi. Maman a été si contente de la voir qu'elle lui a aussitôt donné un petit pain aux raisins avec une tasse de café instantané. J'ai regardé Grand-Mère tremper son petit pain et le mâchonner. Grignote que je te grignote. Et que je te trempe et que je te mâchonne.

C'était bon qu'elle soit là de nouveau.

Après avoir mangé, elle s'est redressée sur sa chaise et a regardé Muriel :

— Alors, Muriel, tu as passé une bonne soirée. Je le vois à ton visage.

— Oui, très bonne, Grand-Mère. Et nous sortons encore ce soir. Nous avons rendez-vous aux *Mille et un parfums*.

Grand-Mère a également assisté au dîner. Muriel s'est levée de table avant tout le monde à cause de son rendez-vous avec Ralph. Au bout d'un moment, je me suis mise en pyjama et j'ai attendu son retour.

En rentrant, elle souriait de toutes ses dents. Elles étaient noires.

— Tes dents sont toutes noires !

— Je sais ! a-t-elle répondu en riant. Si tu voyais celles de Ralph !

Muriel m'a suivie jusqu'à ma chambre. Grand-Mère était en chemise de nuit en train de déplier ses couvertures. Elle marmonnait dans sa barbe. Comme si elle psalmodiait. Cette fois, elle portait encore ses dents et j'ai pu comprendre ce qu'elle disait :

— Manger et dormir, manger et dormir. La vie n'est plus rien d'autre que manger et dormir.

Chapitre 7

Cette nuit-là, Grand-Mère a encore pleuré. J'ai rabattu les couvertures sur mes oreilles mais je l'entendais toujours. J'en ai parlé à maman le lendemain.

— Voilà qui me décide. Je vais appeler Mme Plumb dès aujourd'hui et l'inviter à déjeuner.

Mme Plumb est arrivée au moment où je partais à l'école. Elle est entrée par la grande porte pendant que je me glissais par celle de derrière. Elle était encore là quand je suis revenue. Elle parlait tandis que je montais les marches de la porte de service.

— ... prendre des vacances aux Bermudes, pauvre chère. Inutile de vous dire quel choc j'ai eu en la voyant couchée dans une boîte, si froide, si immobile, avec son beau bronzage...

Elles étaient assises toutes les deux à la table de la cuisine. Devant Grand-Mère, un verre de thé chaud était posé. Celui de Mme Plumb se trouvait dans une tasse.

Grand-Mère hochait la tête en prenant de petites gorgées de thé tandis que Mme Plumb continuait à parler, de ses lèvres minces, à parler sans cesse, ne prenant pas même le temps de boire. Son maigre visage terreux paraissait particulièrement terreux. Peut-être à cause de ses cheveux rougeâtres qui semblaient particulièrement rougeâtres. Elle devait probablement utiliser un produit bon marché pour se teindre les cheveux, parce qu'ils déteignaient sur son col.

Quand Grand-Mère m'a finalement aperçue, elle m'a fait signe d'approcher en tapotant la chaise à côté d'elle. Mme Plumb s'est arrêtée de parler de son amie morte et m'a souri de ses lèvres minces. Je me suis assise tout près de Grand-Mère. Mme Plumb m'a jeté un long regard scrutateur.

— Tu ne portes pas de robe, toi non plus, mon petit ?

J'ai baissé les yeux sur mon jean pour voir ce qui clochait. Elle a ensuite repris sa conversation sans même me laisser le temps de répondre.

— Enfin, ce n'est pas surprenant. Pourquoi serait-elle différente ? Toutes les filles sont pareilles. Ma Rita passe aussi sa vie en pantalon. Je ne crois pas qu'elle ait même une seule robe. De notre temps, souvenez-vous, les filles s'habillaient en filles. À présent, elles courent toutes en pantalon.

— Les temps ont changé, a dit Grand-Mère.

— En pire, si vous voulez mon avis. Comment peut-on s'attendre à ce que des filles en pantalon deviennent de grandes dames en grandissant, comme Eleanor Roosevelt ? Vous ne pensez tout de même pas qu'Eleanor Roosevelt portait des pantalons, non ? Même pour monter à cheval, elle portait une robe. Ou une jupe. Mais sûrement pas un pantalon.

— Ce ne sont pas les robes qui ont fait d'elle ce qu'elle était, a dit Grand-Mère. Même si elle avait porté des pantalons, elle aurait quand même été une grande dame.

— Une grande dame, a répété Mme Plumb. Pour ça, elle l'était. Certainement. Une grande dame et une amie très chère.

— Eleanor Roosevelt était votre amie ? ai-je demandé, surprise.

Une grande dame pouvait donc être l'amie de Mme Plumb ?

— Elle a serré cette main que tu vois, a dit Mme Plumb en exhibant sa main droite. Nous nous sommes rencontrées un jour à une réunion électorale, et elle a passé pratiquement tout l'après-midi à écouter mes opinions sur les affaires du monde. J'ai découvert que nous avions beaucoup de points communs. Je suis sûre que nous serions devenues des amies très intimes si elle avait vécu plus longtemps.

Lorsque Mme Plumb s'est finalement décidée à partir, elle a insisté pour que Grand-Mère lui rende visite bientôt et répété qu'elles devraient mieux se connaître. Après quoi, Grand-Mère a pris deux aspirines et elle est allée s'étendre. Moi, je suis entrée dans la chambre de Muriel pour lire son journal. Il n'y avait pas grand-chose. C'était plein de Ralph.

Ralph Ralph Ralph Ralph
Ralph Ralph Ralph Ralph
Ralph Ralph Ralph Ralph
Ralph et Muriel Muriel et Ralph
Ralphie et Muriel Muriel et Ralphie

Ma lecture terminée, je n'avais en tête qu'un seul mot : « Beurk ! »

Les jours suivants, Grand-Mère est restée de longs moments enfermée dans sa chambre. Un après-midi, maman a réussi à la convaincre d'aller rendre sa visite à Mme Plumb.

— Elle a appelé plusieurs fois pour demander de tes nouvelles, a dit maman.

Alors Grand-Mère est allée voir Mme Plumb. Et le lendemain aussi. Et le surlendemain. Et le jour suivant. Presque tous les jours, lorsque je rentrais pour déjeuner, je trouvais Grand-Mère dans une de ses belles robes fleuries, les cheveux bien peignés, un petit chignon bien net sur la tête. Elle se pinçait légèrement les joues pour leur donner un peu de couleur, puis elle enfilait son manteau noir et sortait en chantonnant.

— Mme Plumb a fait des merveilles pour Mère. C'était maman qui parlait à papa, un soir.

— Ta grand-mère a fait des merveilles pour ma grand-mère, ai-je dit à Rita un matin en allant à l'école.

— Qu'est-ce que tu racontes ?

— Depuis que *ma* grand-mère va voir *ta* grand-mère, elle est différente. Plus heureuse, en tout cas.

— Mais pas du tout ! a dit Rita.

— Comment ça, pas du tout ?

— Elle n'est jamais venue. *Ma* grand-mère ne fait que se plaindre de ne pas mieux connaître *ta* grand-mère, surtout qu'elle lui avait promis de lui rendre visite très vite. Et le très vite s'éternise. Elle n'est toujours pas venue.

— Jamais ?

— Jamais.

— Ben alors, où va-t-elle tous les après-midi ? Si elle n'est ni chez moi ni chez toi, où est-elle ?

Le lendemain, j'ai avalé mon déjeuner en vitesse et j'ai attendu que Grand-Mère se pince les joues. Elle a enfilé son manteau, dit au revoir et s'est dépêchée de sortir. J'ai laissé passer une demi-minute, pas plus, et j'ai couru pour la suivre.

Grand-Mère descendait la rue vers la maison de Rita. Mais, lorsqu'elle est arrivée au coin, elle a pris à gauche au lieu de tourner à droite. D'abord, j'ai marché derrière elle, puis j'ai eu peur qu'elle ne jette un coup d'œil par-dessus son épaule et ne me voie, alors j'ai traversé la rue et je l'ai suivie de l'autre côté. Elle avançait régulièrement. Le vent gonflait et agitait son manteau et elle a remonté son col. J'ai voulu en faire autant mais je n'avais pas de col. Je n'avais même pas mon blouson. Je m'étais tellement pressée en quittant la maison que j'avais oublié de le prendre.

À l'angle de rues suivant, je me suis cachée derrière un lampadaire avec un écriteau : « Jeter des papiers par terre est égoïste. Alors n'en jetez pas. » J'ai attendu là en frissonnant. Grand-Mère a tourné au coin de la rue et a disparu dans la boutique d'antiquités de J. Morgan.

Les *Antiquités J. Morgan* sont un magasin blotti entre une charmante petite boutique de fleuriste et une pâtisserie qui sent divinement bon. On y fait les charlottes russes les plus fabuleuses. Le magasin d'antiquités est obscur, avec une marquise en

métal rouillé au-dessus de la porte et une vitrine remplie de toutes sortes de vieilles choses, des lampes, des vases, des statues...

Rita et moi avions l'habitude de nous y arrêter de temps en temps en revenant de l'école. Nous adorions y entrer pour admirer les ravissantes pendules anciennes, les chats en porcelaine, et écouter les boîtes à musique que M. Morgan faisait marcher.

M. Morgan était toujours content de nous voir. Et tant qu'on se contentait de regarder, il ne nous disait jamais rien. Mais il ne voulait pas que nous touchions aux objets, ou que nous apportions un gâteau dans le magasin. M. Morgan est un monsieur très amical. Et assez âgé. C'est lui-même une sorte d'antiquité, en somme, avec un visage rouge de couperose sous une montagne de cheveux blancs comme neige. Il ressemble à une tarte aux fraises avec de la crème.

Je suis restée sous le lampadaire en attendant que Grand-Mère sorte de la boutique. Mais elle n'est pas ressortie. L'heure avançait et je frissonnais toujours, alors je suis retournée à l'école.

Les jours suivants, j'ai encore suivi Grand-Mère. Il se passait toujours la même chose : elle entrait dans le magasin et n'en ressortait pas.

Mais, un jour, je n'ai pas eu à m'inquiéter de l'heure. C'était un lundi où nous n'avions pas classe à cause de la réunion des professeurs ; j'ai donné rendez-vous à Rita à côté de la pancarte : « Jeter des papiers est égoïste. Alors n'en jetez pas. »

— Je parie que tu trouves que je suis affreuse d'épier ma grand-mère comme ça, ai-je dit à Rita.

— Pas du tout. Tu ne l'épies pas. Tu veilles sur elle. Viens, on va traverser, on verra mieux.

Nous avons traversé la rue.

— J'espère qu'elle ne fait pas de folies, a poursuivi Rita. C'est difficile parfois de distinguer une vraie antiquité d'un truc à deux sous.

Nous nous sommes baissées pour descendre les marches du magasin J. Morgan, puis, le corps collé au mur, nous avons tourné la tête vers la porte. Nous tâchions de scruter l'intérieur du magasin chacune à notre tour, mais nous n'avons rien pu voir ni l'une ni l'autre. Seulement nos propres reflets.

Au moment où, pour la seconde fois, c'était mon tour, la porte s'est ouverte brusquement et une tête est apparue. Celle de M. Morgan.

— Vous cherchez quelque chose, mes enfants ?

— Une antiquité ! a lâché Rita. Nous sommes venues pour voir une antiquité. N'est-ce pas, Sheila ?

— Oh ! une antiquité ! a dit M. Morgan. Et quel genre d'antiquité voudriez-vous ?

— Une machine à faire des bulles de chewing-gum, ai-je dit à toute allure. Une ancienne. Des temps anciens. Autour des années cinquante.

— C'est ça, a dit Rita. Pas du toc. Pas une neuve qu'on a arrangée pour qu'elle ait l'air ancienne. Mais une antiquité authentique.

— Je n'ai pas de machine à faire des bulles de chewing-gum, a dit M. Morgan en nous faisant

 144

entrer. Mais peut-être seriez-vous intéressées par des oreilles d'ours à la crème ?

— Des oreilles d'ours ? ai-je demandé en trébuchant contre le paillasson.

J'imaginais, suspendue au mur, une tête d'ours nappée de crème.

— Oui, des oreilles d'ours, a dit une voix au fond de la pièce. Venez en manger avec nous.

C'était la voix de Grand-Mère. Elle était assise derrière le comptoir et elle riait. M. Morgan a disparu dans l'arrière-boutique tandis que Rita et moi apportions deux sièges près du comptoir. Avant même d'avoir eu le temps de nous asseoir, il a réapparu avec deux petites assiettes. Dès qu'il nous a vues, il s'est mis à crier :

— Non, non, non. Pas les Chippendale !

Il a rapidement posé les assiettes sur le comptoir et a repoussé les chaises, manquant presque de nous faire tomber.

— Ciel non ! Ça ne se fait pas de manger des oreilles d'ours à la crème sur des Chippendale.

 145

Enfin, vraiment ! Je vais vous apporter quelque chose de bien mieux.

Et il est allé nous chercher des chaises de bridge.

À peine assise, Rita a attaqué ses oreilles d'ours. Moi, je me suis contentée de regarder les miennes.

— Vas-y, essaie, a dit Grand-Mère. C'est très bon.

J'ai goûté mes oreilles d'ours. C'était frais et onctueux. Meilleur qu'un gâteau à la crème. J'ai dit :

— C'est bon !

— J'espère bien, a dit Grand-Mère. M. Morgan est un fin gourmet.

— Allons, allons, a protesté M. Morgan. Tu devrais voir ce que fait ta grand-mère ici ! Elle nous a cuisiné un de ces chous farcis l'autre jour ! Je n'en ai jamais mangé de meilleur. Et sa tarte aux pommes... (Il a embrassé le bout de ses doigts.) Superbe ! Nous avons passé des moments enchanteurs à échanger nos recettes.

— Enchanteurs, a repris Grand-Mère. Tous les jours nous mangeons quelque chose de différent. Quelquefois juste un dessert, et quelquefois un repas entier. Et tout est délicieux, toujours. Tu verrais ça !

— Vous pouvez venir voir ça demain, a conclu M. Morgan. Je vous invite toutes les trois à déjeuner : je vais vous faire un soufflé au fromage.

Rita et moi nous sommes levées pour partir, et Grand-Mère a dit qu'elle restait aider M. Morgan à faire la vaisselle.

Comme nous arrivions près de la porte, M. Morgan a crié :

— Je vais tâcher de vous en trouver une !

Rita et moi avons demandé ensemble :

— Trouver quoi ?

— Une machine à faire des bulles de chewing-gum !

Nous gloussions de rire en sortant du magasin. Et puis mes gloussements se sont transformés en éclats de rire. Je me suis mise à crier :

— Rita, Rita, Rita ! Tu ne te sens pas divinement bien ? Tu n'as pas eu chaud à l'intérieur ?

— Ouais, je me sens bien. Mais les oreilles sont un peu lourdes.

— Oh ! Rita, Rita, Rita ! Tu ne vois donc pas ? Tu ne comprends pas ? Ma grand-mère a un amoureux !

Chapitre 8

— Tu crois qu'ils vont se marier ? ai-je demandé à Rita le lendemain en allant jusqu'au magasin de M. Morgan.

J'avais dit à ma mère que je déjeunais avec Rita, et Rita avait dit à la sienne qu'elle déjeunait avec moi.

— Tu penses que ma grand-mère et M. Morgan vont se marier ?

— Je crois que tu tires des conclusions trop hâtives, Sheila.

— Mais c'est possible, non ? Ils le pourraient, je veux dire. Les vieux se marient aussi, non ?

— Ben, même s'ils voulaient se marier, je doute qu'ils en aient les moyens. J'ai lu quelque part que si deux personnes âgées touchant des allocations vieillesse se marient, l'une d'elles perd automatiquement son allocation. Le couple est donc condamné à mourir de faim.

— Mais, c'est pas juste ! ai-je crié. Pas juste du tout.

— Ça n'a rien à voir avec la justice. C'est une loi du gouvernement. Ta grand-mère perdrait son allocation, et M. Morgan et elle seraient obligés de vivre sur une seule et maigre pension.

— Mes parents ne laisseraient jamais Grand-Mère et M. Morgan mourir de faim. Je suis sûre qu'ils les aideraient. Surtout au moment des impôts.

La boutique de M. Morgan sentait délicieusement bon ce jour-là. Meilleur même que la pâtisserie. Grand-Mère s'y trouvait déjà et défaisait un colis de statuettes. Elle a souri en nous voyant.

— Bonjour, entrez. Vous arrivez au bon moment. Je crois que le soufflé de Ju... de M. Morgan... est tout juste prêt. Nous allons bientôt manger.

— Tant mieux. Je meurs de faim.

Grand-Mère s'est remise à défaire son colis. Rita et moi nous sommes approchées pour admirer les miniatures.

M. Morgan a un meuble vitré plein d'adorables petits animaux : éléphants, chats, chiens et oiseaux – surtout des oiseaux –, tous peints de couleurs douces et tendres. Il y a également des étagères avec des chambres miniatures – chambres à coucher et salles à manger avec des chaises minuscules, des tables et même des services à thé avec tasses et soucoupes sur des dessus de table en dentelle. Comme elles sont charmantes, ces chambres ! On en a le souffle coupé, rien qu'à les regarder. Chacune d'entre elles a l'air si vraie qu'on a l'impression qu'on pourrait carrément y entrer.

Les objets miniatures se trouvent dans le magasin depuis toujours, aussi loin que je me souvienne, car ils ne sont pas à vendre. M. Morgan a dit que toute la collection appartenait à sa femme décédée, ce qui fait que la pensée même de les vendre ne lui était jamais venue, bien sûr. J'en suis bien contente. Je crois que c'est ce que je préfère regarder dans tout le magasin. Rita aussi.

Du fond de la pièce, une voix a soudain crié :

— Et voilà !

M. Morgan a fait son apparition, portant le soufflé au fromage. Alors Grand-Mère s'est écriée :

— Julius, c'est magnifique. Un chef-d'œuvre.

— Je manque un peu de pratique en ce moment, a-t-il dit en posant son chef-d'œuvre sur le comptoir, mais je dois admettre qu'il est assez réussi.

À moi, ça n'a pas semblé un chef-d'œuvre. C'était un truc haut et gonflé. Je n'avais jamais rien vu de pareil. J'ai jeté un coup d'œil à Rita.

— Je me demande quel goût ça peut avoir, un soufflé.

— Moi aussi. Mais je crois que le meilleur moyen de le savoir est d'en manger.

D'abord c'était trop chaud. Puis, finalement, nous avons pu goûter. Je n'aimais pas beaucoup.

— J'aimerais mieux avoir un hot-dog, ai-je murmuré à Rita.

— Les hot-dogs ne sont pas de la grande cuisine !

Nous étions assis tous les quatre à manger notre soufflé, et M. Morgan nous disait combien il aimait cuisiner, mais que, depuis que sa femme était morte, il n'avait plus personne pour qui préparer de petits plats fins.

— On ne fait pas de petits plats pour soi tout seul. Le plaisir vient aussi de voir les autres savourer ce qu'on a cuisiné.

Grand-Mère a hoché la tête en signe d'approbation, et M. Morgan a continué en disant qu'il cuisinait pour son fils et pour sa belle-fille quand ils venaient le voir, mais que c'était gâcher la

nourriture parce qu'ils n'appréciaient pas la fine cuisine, comme le faisait sa femme.

— Julius, a commencé Grand-Mère, vous souvenez-vous, dans le vieux pays, des poêles qu'on utilisait pour la cuisine ?

Il a ôté ses lunettes et s'est mis à les essuyer avec une serviette en papier.

— Si je me souviens ! Des gros poêles hauts en faïence, adossés au mur. Ils servaient de four, de fourneau et aussi de chauffage pour toute la maison en hiver. Chez moi, comme j'étais l'aîné, c'était à moi de rentrer le bois et d'alimenter le poêle ! Les hivers étaient froids, je vous le garantis, et il ne fallait pas laisser le feu s'éteindre.

— Horriblement froids, a dit Grand-Mère. Mais les poêles étaient si chauds ! Je me rappelle, lorsque j'étais petite, combien j'aimais dormir dessus. Tous les enfants y couchaient chacun leur tour.

— C'est fascinant, a dit Rita.

— Mais, Grand-Mère, comment pouvais-tu dormir sur le dessus d'un poêle ? Tu ne te brûlais pas ?

— Mais non, ma petite Sheila. Le foyer était placé en bas du poêle, et tout autour il y avait des briques. Je me souviens encore aujourd'hui de la tiédeur de mon lit au-dessus.

M. Morgan a remis ses lunettes, et Grand-Mère et lui sont restés un moment perdus dans leurs souvenirs.

Depuis ce jour-là, Rita et moi ne sommes retournées chez M. Morgan que deux fois. La première fois, il nous a fait des crêpes aux épinards, et il nous a montré comment les préparer. Il a d'abord rempli le fond d'une poêle très chaude d'un peu de pâte onctueuse, l'a retournée et l'a posée un instant sur la plaque de cuisson. Le résultat a été une crêpe très fine et ronde. Il en a fait tout un tas, a posé au milieu de chacune d'elles une boule d'épinards à la crème et a replié les côtés par-dessus.

Lorsque Grand-Mère a vu les crêpes, elle a dit :

— Regarde, Sheila, on dirait des blinis.

Elles ressemblaient en effet à des blinis, mais en plus plat et en plus fin. D'habitude, les blinis sont fourrés de fromage blanc sucré ; je n'en avais jamais goûté aux épinards, mais c'était délicieux.

La seconde fois, M. Morgan nous a annoncé un vrai festin :

— De la tortue.

Dès que j'ai entendu le mot « tortue », je me suis rappelé immédiatement l'odeur de ma tortue quand elle est morte. Je ne pouvais vraiment pas manger de tortue. Rita et Grand-Mère non plus. M. Morgan a été le seul à en manger.

— Vous devriez essayer, disait-il à chaque instant. Vous n'en aurez peut-être plus l'occasion. Difficile de se procurer de la tortue et... c'est cher également.

Nous disions : « Non merci. » Nous nous sommes contentées d'une salade avec des œufs durs hachés par-dessus. M. Morgan a affirmé que c'était à ça qu'on reconnaissait une bonne salade.

Par la suite, Rita et moi ne sommes plus retournées chez M. Morgan. Mais Grand-Mère, si. Elle allait le voir tous les après-midi sauf le dimanche.

C'était drôle d'entendre maman dire :

— Mme Plumb et toi passez de bons moments maintenant.

Grand-Mère me souriait ou me faisait un clin d'œil, et je riais en moi-même.

Maman a dit à Grand-Mère que, puisqu'elle était allée si souvent chez Mme Plumb, ce serait gentil de l'inviter chez nous, pour changer. Et Grand-Mère a répondu :

— Mme Plumb habite plus près du parc.

C'était drôle de partager le secret de Grand-Mère... le temps qu'il a duré : j'aurais dû savoir qu'il ne pourrait se prolonger longtemps.

Chapitre 9

— **M**ais je ne comprends pas, madame Plumb. Elle n'est pas avec vous ?

— Je ne viendrais pas vous demander de ses nouvelles, si elle était avec moi. Je suis seule, je vous assure.

C'était un après-midi, quelques semaines après l'épisode de la tortue. J'ouvrais juste la porte de service. Quand j'ai entendu maman parler avec Mme Plumb, je me suis assise sur une marche et j'ai écouté.

— Mais elle est partie chez vous il n'y a pas bien longtemps, a poursuivi maman. Elle devrait être arrivée maintenant. N'arrive-t-elle pas vers cette heure-ci d'habitude ?

— D'habitude ? Elle n'est chez moi à aucune heure.

— Je n'y comprends rien. Vous vous êtes bien vues pratiquement tous les jours, depuis des semaines ?

— Chère madame, la dernière fois que j'ai vu votre mère, c'est le jour où vous m'avez invitée à déjeuner. Je ne sais pas qui elle va voir, mais certainement pas moi.

— Mais je croyais... Enfin, j'ai dû mal comprendre... Sûrement. Il y a eu un malentendu. Je suis sûre qu'il doit y avoir une explication.

« Madame Plumb, vous parlez trop », me suis-je dit tout bas. J'ai attendu qu'elle sorte par la porte de devant pour entrer par celle de service.

Maman n'a pas parlé tout de suite de la visite de Mme Plumb. Nous finissions tous de dîner, sauf papa, qui travaillait tard. Maman a apporté un verre de thé à Grand-Mère en lui recommandant de ne pas s'asseoir dans le courant d'air.

— Je ne suis pas dans un courant d'air. Je suis bien.

— Alors mets un gilet.

— Je n'ai pas besoin de gilet.

— Tu vas attraper froid.

— Mais non.

— Mme Plumb est venue aujourd'hui.

— Oh ?

— Alors ? a dit maman.

— Le dîner était chouette ce soir, leur ai-je dit à toutes les deux.

— Nous pourrions peut-être parler dans la salle de séjour ? a suggéré maman.

— Nous pouvons très bien parler ici, a répondu Grand-Mère. Il n'y a rien à cacher aux filles.

— D'accord, Mère. J'irai droit au but. Où es-tu allée tous ces temps-ci ?

— Dommage que papa ait raté ce chouette dîner, nous...

— Sheila, arrête de parler du dîner, m'a crié Muriel. Maman a posé une question à Grand-Mère.

— Je vais y répondre, a dit Grand-Mère. Je suis allée voir M. Morgan dans son magasin d'antiquités.

Alors Grand-Mère a raconté comment elle avait, le tout premier jour, découvert la boutique ainsi que son propriétaire.

— J'étais en chemin pour rendre visite à Mme Plumb, puisque que tu voulais absolument que j'y aille. Mais je n'arrivais vraiment pas à me décider à passer un autre après-midi avec cette femme. Alors je me suis dirigée de l'autre côté et me suis promenée toute seule en regardant les vitrines. Je suis tombée sur la petite boutique d'antiquités en sous-sol. Et, Sheila, je t'assure que cette boutique ressemblait exactement à celle où ton grand-père et moi avions acheté notre fauteuil avant de nous marier. Cela a éveillé en moi de tels souvenirs que j'ai décidé d'entrer.

« Par terre, à quatre pattes, un homme – c'était Julius – a dit en me voyant : "Je m'occupe de vous dès que j'aurai retrouvé mes lunettes. Un homme qui n'a qu'une paire de lunettes... logiquement, devrait savoir où il les met." Ses lunettes, il les avait remontées sur sa tête. Je lui ai fait remarquer : "Peut-être les portez-vous." Il s'est tâté la tête : "Ah ! en effet. J'oublie tout le temps qu'elles sont là-haut. Je suppose que c'est dû à l'âge." Il s'est relevé. "Vous désirez ?" Je lui ai répondu que j'étais entrée pour regarder, non pour acheter. Il s'est proposé pour me faire visiter sa boutique : il en serait heureux.

Et quelle visite ! Chaque article, chaque objet était accompagné d'une histoire. Comment il avait eu ceci et qui lui avait donné cela. Il y en avait trop à voir en une seule fois, et je suis donc retournée à la boutique le lendemain ! Julius avait toujours tant de choses à raconter sur tous les objets du vieux pays qu'il collectionnait ! Alors, un jour, juste comme ça, il m'a invitée à rester déjeuner. Et depuis j'y vais tous les jours.

— Si vous voyiez ça ! Il a une cuisinière et un réfrigérateur, et il fait des oreilles d'ours et de la tortue et...

Zut ! Je me demandais si j'avais bien fait de parler.

— Qu'est-ce que tu dis à propos d'oreilles d'ours ? a demandé maman.

— Ouais, a continué Muriel en croquant une carotte, et à propos d'une tortue ?

— Euh... ben, un jour, Rita et moi sommes entrées dans cette boutique, et Grand-Mère était là, et on a mangé des oreilles d'ours à la crème, et un autre jour il y a eu de la tortue, mais je n'en ai pas pris.

— Nous nous sommes plusieurs fois rencontrées chez M. Morgan, n'est-ce pas, Sheila ? a dit Grand-Mère.

— Mais, espèce de petite... ! m'a dit maman en éclatant de rire. Alors, tu savais tout depuis le début ! Pourquoi ne m'as-tu rien dit ?

— Tu ne m'as jamais rien demandé !

 164

Ce n'était pas très original comme réponse, mais maman m'a eue par surprise, et je n'ai rien trouvé d'autre à dire...

— Je connais pourtant bien cette boutique. Elle existe depuis des années. Curieux tout de même que je n'y sois jamais entrée... et je n'ai jamais rencontré M. Morgan.

— Il est gentil. Et c'est un fin cuisinier. Nous avons mangé du soufflé et des crêpes aux épinards et...

— Est-ce qu'il dirige le magasin tout seul ? a demandé maman.

— Il l'a fait longtemps, a répondu Grand-Mère. Maintenant, c'est son fils qui s'occupe de l'affaire, et Julius vient quelques heures l'après-midi, pour s'occuper.

— Mère, je ne comprends toujours pas. Pourquoi ne m'en as-tu rien dit ?

— Et si je te l'avais dit, que se serait-il passé ? Encore une dispute : « N'y va pas, c'est trop loin, tu te fatigues trop... »

— Mère, si c'est un ami à toi, il devrait être aussi le nôtre. Nous aimerions le connaître. Nous pourrions peut-être l'inviter à dîner un soir, cette semaine. Vendredi, qu'en penses-tu ?

— Je me demande... a dit Muriel. Puisqu'on parle d'invitation, tu crois que je peux demander à Ralph de venir dîner un de ces jours aussi ?

— D'accord, a répondu maman. Que penses-tu de mardi ?

— Mardi, c'est parfait ! a dit Muriel.

— Voilà qui est dit, a conclu maman.

Mardi Ralph, et vendredi M. Morgan. Voilà une semaine intéressante qui s'annonce !

Chapitre 10

Grand-Mère était tout sourire et fredonnait beaucoup dans la maison. Maman lui a offert une robe neuve, bleu pâle, sans une seule fleur imprimée.

Muriel disait tellement amen à tout ce que j'exprimais ou faisais que c'en était écœurant. Un jour, je me suis mise au piano pour faire mes exercices et je me suis surprise à jouer la musique la plus divine que j'aie jamais composée. Mozart en aurait été vert d'envie tellement c'était beau.

J'ai joué, les yeux fermés, j'ai joué... jusqu'à ce que j'entende Muriel chanter faux dans le couloir. J'ai vite repris Hanon.

Muriel est entrée dans la pièce en dansant, et m'a dit, savez-vous quoi ? :

— Oh ! Sheila, ne t'arrête pas ! J'adore ce que tu jouais à l'instant. Continue, je t'en prie.

— C'est vrai, Muriel ? Je ne sais pas si je pourrai me remettre dans l'atmosphère.

— Essaie, Sheila. S'il te plaît.

J'ai essayé, en vain. Les notes ne venaient plus.

— Je crois que tu as rompu le charme !

— Oh ! je suis *désolée,* Sheila.

— Ça ne fait rien. Ça me reviendra peut-être.

Muriel s'est assise à côté de moi sur la banquette.

— Tu sais, Sheila, je ne m'en étais jamais rendu compte, mais tu composes vraiment de la bonne musique. Tu pourrais peut-être devenir compositeur, un jour.

— Peut-être. À moins que je ne décide de devenir chef de claque ou majorette.

— Tu es une petite sotte.

Elle a passé un bras autour de mes épaules. Elle s'est tue quelques secondes, et puis elle a demandé :

— Sheila, tu te souviens de ce que tu as dit un jour, que je pourrais devenir écrivain ? J'aime écrire mon journal pour moi-même, mais je n'ai pas vraiment envie d'écrire. De toute façon, je ne crois pas être créatrice.

— Je parie que tu serais bonne en politique. Je ne pense pas qu'il faille être créateur pour faire de la politique.

— Oh ! Sheila, tu crois vraiment ? (Elle s'est rapprochée de moi.) Parce que justement, c'est à ça que je pensais. Une carrière dans la politique. Je pourrais un jour aller à Washington et travailler pour un député ou un sénateur. Pour commencer, évidemment. Après, qui sait ? Je deviendrais peut-être sénateur ou député moi-même.

— C'est une idée fantastique, Muriel. Est-ce que je pourrai prendre ta chambre quand tu partiras ?

— Tu es une sotte, a-t-elle dit.

Puis elle m'a embrassée et elle est sortie.

Mardi, nous nous sommes tous retrouvés au petit déjeuner, même papa qui avait fait la grasse matinée. Maman faisait le menu pour le dîner de ce soir en l'honneur de Ralph.

— Voyons... un poulet rôti, des pommes au four, de la salade...

— N'oublie pas des œufs durs hachés. M. Morgan affirme que c'est à ça qu'on reconnaît une bonne salade.

— Très bien... une salade avec des œufs durs hachés, des brocolis...

— Oh non ! maman, a gémi Muriel. Pas de brocolis. Les garçons n'aiment pas les brocolis. C'est un légume féminin.

— Les brocolis sont féminins ? ai-je demandé. Comment le sais-tu ?

— Sheila, n'essaie pas de faire de l'esprit. Tu sais très bien ce que je veux dire.

— Je suis un garçon et j'aime les brocolis, a dit papa.

— Papa, je t'en prie.

— D'accord, a dit maman. Mais que suggères-tu à la place ?

Muriel a réfléchi un moment.

— Des petits pois et des carottes.

— Entendu. Un peu banal, mais ça peut aller.

— Et si nous faisions les deux ? a proposé Grand-Mère. Les brocolis pour les filles et les petits pois-carottes pour les garçons ?

— C'est encore une meilleure idée, a dit maman. Nous ferons les deux.

17 h 00   *Ralph sera ici dans exactement une heure. J'ai hâte qu'il soit là. Je me demande quel rouge à lèvres je devrais me mettre. Framboise. Ralph aime la framboise.*

J'ai remis le journal sous l'oreiller et, quand je me suis retournée pour quitter la chambre, la

porte s'est ouverte : Muriel. Ses lèvres dégouli-
naient pratiquement de rouge à lèvres framboise.
Elle s'était également maquillé les paupières
à outrance. On aurait juré qu'elle s'était ser-
vie d'un gros crayon feutre pour souligner ses
yeux. Je les ai particulièrement remarqués parce
qu'elle s'en servait justement pour me regarder
d'un sale œil.

— Veux-tu me dire ce que tu fais dans ma
chambre ? m'a-t-elle demandé d'un ton autoritaire.

— Rien, Muriel. Je regardais seulement les
photos sur ton mur. Je vois que tu en as des tas
de nouvelles.

Elle a cessé de me regarder d'un sale œil et m'a
souri de ses lèvres dégoulinantes.

— N'est-ce pas qu'elles sont jolies ? Je les
adore. Grand-Mère les a découpées. C'est gentil
de sa part, non ?

J'ai haussé les épaules et je suis sortie. Maman
mettait la dernière main à la table du dîner.

— Ben, mon vieux, ça a de plus en plus l'air d'un quartier général démocrate là-dedans ! ai-je lancé en désignant la chambre de Muriel du doigt.

La sonnette a retenti. Muriel s'est précipitée hors de sa chambre pour ouvrir. Je l'ai suivie en courant. Elle a ouvert la porte, et Ralph est entré avec à la main une rose rouge.

— Pour toi, a-t-il dit en la tendant à Muriel.

Puis il m'a regardée et a souri.

— Salut. C'est toi, Sheila ?

— Salut, c'est moi.

J'ai fait tout mon possible pour ne pas trop le regarder. Je ne voulais pas que Muriel trouve que je restais bouche bée devant lui. Malgré tous mes efforts, je n'ai pas pu m'empêcher de remarquer qu'il était plus petit qu'elle – et plus mince, et que j'aimais bien son sourire.

— Viens dire bonjour au reste de la famille, a suggéré Muriel en conduisant Ralph dans la salle de séjour.

Ralph a fait le tour de la pièce en serrant la main de maman, de Grand-Mère et de papa, qui était sorti plus tôt de son travail spécialement pour l'occasion. Muriel se tenait à l'écart, reniflant sa rose.

— Je suppose qu'il n'avait pas les moyens de t'en offrir une douzaine, hein, Muriel ?

— Sheila, a répliqué Muriel en reniflant à nouveau sa rose, quand tu grandiras, tu comprendras la signification d'une seule rose rouge. Rien de plus romantique.

Au bout d'un moment, maman, papa et Grand-Mère ont quitté la pièce, et je suis restée seule avec Muriel et Ralph.

— Tu ne peux pas aller ailleurs ou faire quelque chose ? m'a demandé Muriel.

— Non, je ne vois pas ce que je pourrais faire.

— Tu pourrais aider maman pour le dîner ?

— Elle n'a pas besoin de moi. Grand-Mère peut l'aider.

Muriel m'a gratifiée d'un de ses regards écœurés, et elle est allée au piano. Je me suis installée à côté de Ralph, qui sentait le savon et le dentifrice, et je l'ai observé pendant qu'il prenait des noix de cajou en écartant les noisettes, tout en écoutant Muriel jouer *Le Gai Laboureur*.

Elle a joué le morceau trois fois sans interruption pour qu'il ait l'air plus long. À la fin de la troisième fois, Grand-Mère est entrée pour annoncer que le dîner était prêt.

La table était ravissante, avec une salade pour chacun couronnée d'œufs durs hachés. Maman avait sorti son plus beau service – celui qu'elle réserve d'habitude pour les fêtes et les invités de marque. Et, au lieu d'une nappe en plastique et de serviettes en papier, on a eu droit au linge le plus fin de la maison.

Papa devait avoir vraiment très faim parce qu'il s'est assis le premier. Il a étalé sa serviette sur ses genoux et s'apprêtait à attaquer la salade lorsque Ralph s'est approché galamment de Muriel et lui a avancé sa chaise. Elle a eu l'air enchantée. Puis, croyez-moi si vous voulez, il m'a aidée également à prendre place ! Personne ne l'avait jamais fait auparavant. Je me suis sentie toute chose. J'ai eu le sentiment que je pourrais vraiment aimer Ralph.

Dès que papa a vu le geste de Ralph, il s'est levé et s'est précipité pour aider Grand-Mère et maman à s'asseoir. Il ne le faisait jamais, et elles ont eu l'air surprises. Mais elles étaient ravies.

Ralph avait pris place entre Muriel et moi. Nous mangions notre salade. Personne ne parlait. On n'entendait que le crissement de la laitue mâchée. Une fois ou deux, j'ai surpris Ralph et Muriel en train de se prendre la main sous la table. Puis Ralph s'est penché vers Muriel pour lui dire tout bas :

— Désolé pour la rose, Muriel, mais je n'avais pas les moyens de t'en offrir une douzaine.

J'ai failli m'étouffer avec un croûton. À présent, j'étais certaine que j'allais aimer Ralph.

Je pense que la raison pour laquelle les gens s'invitent à dîner c'est que, s'ils n'ont rien à se dire, ils ont toujours la possibilité de parler nourriture. Quatre fois papa a demandé qu'on lui passe le sel s'il vous plaît, et trois fois maman a demandé à chacun de nous si nous voulions de la vinaigrette ou de la sauce aux pickles pour accompagner la salade. Et Muriel, cette même Muriel qui d'habitude se fiche complètement de ce qu'elle engouffre, noyait maman sous les compliments.

— Oh ! maman, tout est absolument délicieux ! Le poulet est parfait. Rôti à point.

Mais le meilleur moment de la soirée, ça a été quand Muriel a passé le plat de petits pois-carottes à Ralph.

— Petits pois et carottes ?

— Non, merci, a répondu Ralph. Je prendrai des brocolis.

Décidément, j'aimais Ralph.

Maman, très flattée que Ralph se soit resservi de tout, a déclaré que la soirée s'était merveilleusement bien passée.

Vers l'heure du déjeuner, vendredi, maman était frénétique. Elle a nettoyé une nouvelle fois la maison et a commencé à s'inquiéter pour le

 177

dîner, se demandant si un rôti était assez bien pour M. Morgan.

— Ne t'agite pas comme ça, a dit Grand-Mère. La maison est très bien, et Julius sera ravi de ce que tu lui offriras. Il est tellement heureux d'être invité.

Mais maman a continué à s'agiter. Grand-Mère lui a proposé son aide, mais elle a refusé en lui conseillant plutôt de se reposer en prévision de la soirée. Je crois que Grand-Mère était de trop bonne humeur pour discuter avec elle.

— Croyez-moi, a-t-elle dit quand Grand-Mère s'est retirée, ce n'est pas chose facile de préparer un dîner pour un gourmet. Je me demande comment M. Morgan aime sa viande. Probablement saignante. Les gourmets aiment la viande rouge. Ou peut-être à point. Je ne sais plus. Enfin, ça n'a peut-être pas tellement d'importance, après tout.

Moi, je me suis dit que ça en avait. Tout a de l'importance. Toute cette soirée avait de l'importance. Tout devait être parfait pour Grand-Mère. J'ai donc décidé de me rendre au magasin de M. Morgan pour savoir comment il aimait sa viande.

— Je viens tout de suite, m'a dit M. Morgan. Dès que j'aurai terminé avec ce monsieur qui cherche une miniature à encadrer.

Lorsque le client est parti sans sa peinture, M. Morgan s'est approché.

— Alors, Sheila, que puis-je faire pour toi ?

Je ne voulais pas lui demander tout de suite pour la viande. On ne peut pas interroger quelqu'un tout de go : « Comment aimez-vous votre viande ? » Alors j'ai dit :

— Ma grand-mère ne va probablement pas venir cet après-midi. Elle se repose pour le dîner.

— Eh bien, c'est une bonne idée. Je me réjouis d'avance de cette soirée avec ta famille.

— Ma grand-mère aussi. Elle s'est même acheté une robe neuve. Bleu pâle. Très belle. La seule chose embêtante c'est qu'elle est trop unie. Et ma grand-mère aime tant les fleurs !

J'ai dit ça espérant que M. Morgan apporterait une seule rose rouge, comme Ralph à Muriel. Puis je me suis dit qu'il valait mieux que je sache pour la viande.

— Monsieur Morgan, je peux vous demander quelque chose ? Comment les gourmets aiment-ils la viande ? Saignante ou à point ?

Il a ri et il a répondu :

— Je ne sais pas si on peut répondre à cette question. Je suppose que c'est une affaire de goût. Mais il se trouve que j'aime la mienne à point.

— Bien, parce c'est ce que nous aurons à dîner : un rôti à point. Bon, il faut que je retourne à l'école, monsieur Morgan. À tout à l'heure.

Il m'a raccompagnée à la porte.

— Fais mes amitiés à ta grand-mère, d'accord ?

— Oh oui ! Je sais qu'elle en sera heureuse. En fait, elle est vraiment heureuse depuis quelque temps.

— Je suis content de l'entendre. C'est une femme charmante et j'aime sa compagnie.

— Et elle la vôtre. Elle adore venir à la boutique, être avec vous tous les jours. Et moi, je suis sûre que tout va très bien marcher.

M. Morgan a pris un air perplexe.

— Je te demande pardon ?

— Ben, vous savez...

J'étais affreusement gênée.

— Vas-y, Sheila. Qu'est-ce que je sais ?

— J'ai entendu dire qu'il était difficile pour les gens de vivre avec l'allocation vieillesse. Et je voulais savoir si vous et Grand-Mère vous alliez décider de vous marier... ou quelque chose... Eh bien, vous n'aurez pas à vous inquiéter d'avoir à vivre sur une seule et maigre allocation. Parce que je suis sûre que maman et papa seraient heureux de vous aider. Particulièrement à la période des impôts.

M. Morgan est resté silencieux.

— Vous allez bien, monsieur Morgan ?

— Comment ? Oh oui ! Sheila. Bien, très bien. Je crois que tu ferais mieux de te mettre en route, maintenant.

— Je le crois aussi. À ce soir, monsieur Morgan.

En revenant de l'école, j'ai dit à maman :

— J'ai vu M. Morgan. Il aime la viande cuite à point.

Maman est restée bouche bée.

— Oh, Sheila ! Tu veux dire que tu es allée le voir pour le lui demander ?

— Ne t'inquiète pas. J'ai été pleine de tact.

À l'heure du dîner, le rôti à point était prêt. Grand-Mère aussi, très belle dans sa robe bleu pâle. J'espérais que M. Morgan n'allait pas oublier la rose. Papa a une fois de plus quitté son travail plus tôt, et Muriel avait donné rendez-vous à Ralph plus tard. Ainsi, nous étions tous ensemble à attendre M. Morgan. Nous avons attendu et attendu. Grand-Mère était assise à table, les mains sur les genoux.

— Le rôti est en train de se dessécher, a gémi maman.

Nous avons attendu encore un peu. Mais Julius Morgan ne s'est pas montré.

J'ai demandé à Muriel le lendemain :

— Qu'est-ce qui lui est arrivé, à ton avis ?

Grand-Mère était allée chez M. Morgan, parce qu'elle était inquiète, et nous attendions son retour. La veille, elle avait essayé de lui téléphoner, mais n'avait pas pu trouver son numéro dans l'annuaire ni aux renseignements.

— Il avait peut-être une grosse affaire à traiter, a répondu Muriel. Une antiquité rare à ne pas manquer. Ou peut-être a-t-il simplement oublié.

— Il n'a pas pu oublier ! Quand je l'ai vu hier, nous n'avons parlé que de ça !

La porte de service s'est ouverte. Des pas lourds ont retenti. Muriel et moi nous sommes précipitées dans la cuisine. Grand-Mère est entrée lentement. Son visage était blanc et terreux comme celui de Mme Plumb.

Maman a levé les yeux du livre qu'elle lisait et, en voyant l'état de Grand-Mère, s'est écriée :

— Mère, qu'est-ce qui ne va pas ? Que se passe-t-il ?

Grand-Mère n'a pas pu répondre. Elle regardait fixement devant elle en parlant sans s'adresser à personne.

— Idiote ! Je me sens tellement idiote !

Maman l'a aidée à s'asseoir.

— Mère, calme-toi. Dis-moi ce qui est arrivé. Tu as vu M. Morgan ? Il va bien ?

Grand-Mère a levé les yeux vers maman. Des larmes coulaient sur ses joues.

— Une telle sottise. Je n'ai jamais entendu de telles sottises. Il me dit qu'il ne veut pas se marier. Qu'il est trop vieux pour tout recommencer. Qu'il est désolé que je me sois trompée. Tu imagines ? Il a pensé que je voulais me marier. Comment a-t-il pu croire une chose pareille ? Quelle bêtise ! J'ai dû lui expliquer. C'était la compagnie... quelqu'un qui soit là... avec qui parler. C'était un endroit où aller... quelque chose à faire tous les jours. Je me réveillais le matin en sachant que j'avais un but pour la journée. Je me suis sentie tellement idiote.

Puis Grand-Mère s'est levée et s'est retirée dans sa chambre, et moi, j'ai quitté la cuisine en sanglotant.

Je me suis précipitée dans la salle de bains en claquant la porte. Et j'ai pleuré, pleuré. J'avais gâché la vie de Grand-Mère, et à cause de moi elle allait entrer dans un hospice pour ne plus me voir. Puis, tout à coup, maman a cogné à la porte en criant :

— Sheila, qu'est-ce qui se passe ? Veux-tu m'expliquer ce que tout ça veut dire ? Ouvre la porte !

— Non. Je ne l'ouvrirai jamais. Je ne sortirai pas. Je reste ici pour le restant de mes jours.

Puis Muriel s'y est mise aussi.

— Eh ben, ma vieille, j'ai l'impression que M. Morgan et toi avez en effet beaucoup parlé hier.

— La ferme, Muriel ! Va-t'en, laisse-moi tranquille.

— Bonne idée, a dit maman. Allons-nous-en. Elle sortira quand elle voudra.

Quand je le voudrai ? Je me suis dit : « Jamais ! » Je me suis assise sur la cuvette des W.-C. pour pleurer encore. Puis, quand j'ai eu pleuré toutes les larmes de mon corps, je me suis levée et suis sortie de la salle de bains.

J'étais épuisée. Épuisée et misérable. J'avais besoin de m'étendre, d'être seule.

Muriel jouait son stupide *Gai Laboureur*, et maman était dans ma chambre, apprenant sans doute comment j'avais bousillé la vie de Grand-Mère.

Nulle part où aller, sauf dans la chambre de Muriel. Je me suis affalée sur son lit. C'était bon d'être étendue. Je suis restée comme ça un moment, à observer les cercles et les carrés imprimés sur l'édredon de Muriel. Puis ma main a glissé sous l'oreiller et en a retiré le journal.

22 h 00   *Ralph. Ralph est merveilleux. Il a des yeux bruns magnifiques et un sourire encore plus magnifique. Ralph est romantique. Même s'il ne le sait pas.*

Il m'a offert une rose rouge. J'aime les roses rouges. J'aime Ralph. Je suis amoureuse de Ralph. Est-ce qu'aimer et être amoureuse sont la même chose ? Sinon, quelle est la différence ? Il faudra que je demande à Élaine. Elle saura. Elle a été amoureuse des tas de fois. Ralph. Est-ce que Ralph m'aime ? Je ne le sais pas parce qu'il ne me l'a pas dit. Mais je crois que si, à la manière dont il me regarde, dont il me prend la main. Il m'a embrassée trois fois jusqu'à présent. Une fois sur la joue et deux fois vraiment – sur la bouche. Comme à la télé. Au début j'ai eu peur de ne pas savoir comment faire. Mais c'est venu naturellement. C'était très chaud et très bon. C'est comme ça que je le sens au fond de moi, chaud et bon.

Ça continuait encore sur la page suivante mais je n'ai pas poursuivi. Je ne pouvais plus.

Qu'est-ce qui m'arrivait ? J'aurais dû me sentir mieux en lisant le journal de Muriel, mais cette fois c'était le contraire. Avant, quand je lisais le journal, je ne faisais que lire un tas de mots écrits par Muriel. Mais maintenant, c'était comme si j'entrais en elle. Dans sa tête – et dans son cœur aussi. Et j'ai compris que je n'avais pas le droit d'y être. M. Morgan, ce n'était pas mon affaire. Le journal de Muriel n'était pas mon affaire non plus. Je l'ai refermé et l'ai glissé sous l'oreiller pour toujours.

J'ai entendu maman quitter ma chambre. Alors j'ai attendu quelques instants et je suis allée voir Grand-Mère. Je savais qu'il fallait que je la voie tôt ou tard pour lui dire combien j'étais désolée d'avoir tout gâché pour elle.

Elle était assise dans son fauteuil et regardait par la fenêtre. Elle s'est tournée vers moi en entendant la porte s'ouvrir.

— Grand-Mère ?

Elle m'a tendu les bras, et j'ai couru vers elle.

— Oh ! Grand-Mère ! Je... je te demande pardon. Je n'ai pas fait exprès que les choses tournent mal.

Elle m'a bercée dans ses bras, et j'ai pleuré encore, faisant couler mes larmes sur sa robe fleurie.

Grand-Mère m'a caressé les cheveux en disant :

— Chhh... Sheila, ce n'est pas grave. Il n'y a pas à demander pardon.

— Mais c'est de ma faute si M. Morgan n'est plus ton ami.

— Un ami ! Quelle sorte d'ami ? Pas un mot, pas un coup de téléphone. Il n'est pas venu, tout simplement. Il n'a même pas pris la peine de se demander si ce que tu disais était vrai. Il a cru ce qu'il voulait croire. Quand j'ai tenté de lui expliquer, il n'a même pas voulu m'écouter. Non, Sheila, tu n'as rien gâché. (Et puis elle a souri.) Je commençais à me lasser de sa cuisine, de toute façon.

Je me suis assise sur les genoux de Grand-Mère et, ensemble, nous avons regardé par la fenêtre fondre ce qui restait de l'hiver.

— Je ne lirai plus le journal de Muriel.

— J'en suis contente, Sheila. Je savais que tu cesserais, tôt ou tard.

— Vraiment ? Comment ?

— Oh ! je ne sais pas. Une idée comme ça.

— Mais son journal va me manquer. Je ne vais plus rien avoir à lire !

— As-tu jamais pensé à écrire ton propre journal ?

— Qu'est-ce que j'écrirais ? Je ne saurais pas quoi dire.

— Je crois que tu dois avoir toutes sortes de pensées et de sentiments enfermés en toi. Si tu commences à écrire, tout va se libérer. Tu verras.

— Mon écriture n'est pas très jolie.

— Et alors, qui le saura ?

— C'est vrai. Personne ne le saura. Parce que *mon* journal sera vraiment intime. Je ne le fourrerai pas simplement sous l'oreiller à la portée de n'importe qui. Je trouverai un endroit où personne n'ira jamais voir.

— Je suis sûre que tu trouveras un très bon endroit, a dit Grand-Mère en souriant et en me serrant dans ses bras.

Les jours suivants, Grand-Mère est restée très souvent dans sa chambre, ou s'est occupée à faire le ménage dans la maison. Maman et elle ont eu de longues conversations. Papa aussi, à chaque fois qu'il se trouvait à la maison assez longtemps et qu'il n'avait pas le nez sur ses calculatrices. Et quelquefois ils parlaient tous les trois en prenant du café avec des petits pains aux raisins.

Puis, le premier jour d'avril, il y a eu un coup de téléphone de l'oncle Alex, de Lakewood. L'oncle Alex est le plus jeune frère de maman, et j'aime quand il appelle, parce que je peux lui dire bonjour, à lui et au reste de la famille.

Tout le monde sauf moi était dans la cuisine quand le téléphone a sonné. Je me trouvais dans la salle de bains, m'apprêtant à essayer le rouge à lèvres de Muriel. Mais dès que j'ai compris que maman parlait à l'oncle Alex, je suis allée vers la cuisine. Je me suis arrêtée net en entendant quelque chose.

— ... ça n'a pas marché. Elle veut partir. Oui, peut-être est-ce mieux pour elle. Nous sommes désolés... C'est la décision de Mère. Tiens, je te la passe.

Je n'ai pas voulu en entendre davantage. Grand-Mère s'en allait ! Elle allait finalement entrer dans un hospice. Je ne voulais pas entendre ça.

J'ai couru vers ma chambre et j'ai fermé la porte. Comment pouvait-elle vouloir partir ? Comment un hospice pouvait-il être mieux qu'ici ? Je n'y croyais pas.

Je me suis appuyée contre la porte et j'ai repensé aux mots de maman. « Ça n'a pas marché. Elle veut partir. » Il ne me restait plus qu'une chose à faire.

Chapitre 11

J'allais m'enfuir de chez moi. Plus rien ne m'y retenait. À cause de moi, Grand-Mère voulait entrer dans un hospice. Je ne pouvais plus rester.

Je suis allée chercher une petite valise au sous-sol et je l'ai ouverte sur mon lit. J'y ai jeté un jean, quelques chaussettes et des sous-vêtements.

Ce n'était pas uniquement de ma faute si Grand-Mère partait. C'était aussi de la faute de maman. Elle ne lui avait jamais donné assez de choses à faire dans la maison. Avant de connaître

M. Morgan, sa principale occupation était de rester dans son fauteuil presque toute la journée.

J'ai jeté une brosse à cheveux dans la valise.

Si c'est là tout ce qu'une personne âgée peut faire, alors je ne veux pas vieillir. J'aime mieux mourir que d'être obligée de rester assise tout le temps.

J'ai jeté ma brosse à dents et un tube de dentifrice dans ma valise.

Maman ne se donnait même pas la peine d'offrir à Grand-Mère son petit speech sur ses poupées ou ses reproductions. Elle était trop occupée à l'offrir à d'autres. Maintenant, elle la laissait partir.

J'ai trouvé de la petite monnaie dans mon tiroir fourre-tout et l'ai mise dans ma poche.

Eh bien, si Grand-Mère s'en allait, je m'en irais aussi. J'étais prête à partir, mais avant j'ai jeté un dernier regard à ma chambre. Elle ne m'avait jamais paru plus jolie. Adieu, tout le monde. Adieu, Grand-Mère. Tu me manqueras. Mais c'est la seule solution. Je te laisse ma passiflore en souvenir de moi.

J'ai pris ma valise, j'ai jeté encore un regard autour de moi et me suis faufilée jusqu'à la porte d'entrée. Je n'ai même pas pris la peine de laisser un mot.

Où vont les gens qui fuient ? Je n'en savais rien. Je pensais prendre un autobus jusqu'au terminus. Mais, à partir de là, où aller ? Comme je ne pouvais pas rester au milieu de la rue à réfléchir, je suis allée chez Rita. Elle aurait peut-être des idées.

J'ai sonné. Rita a ouvert. Elle mangeait un gâteau au chocolat.

— Salut, Sheila. Où vas-tu avec cette valise ? La colonie de vacances ne commence pas avant juin !

— Je fuis la maison.

— Ha ! ha ! C'est un poisson d'avril ? a crié Rita, s'étouffant presque avec son gâteau. Quelle farceuse tu es !

— Je ne suis pas une farceuse. Et ce n'est pas une blague. Je fuis vraiment la maison.

— Sheila, avant de faire quelque chose que tu risques de regretter, asseyons-nous et discutons.

J'ai posé la valise sur le trottoir et me suis assise sur les marches pour lui dire pourquoi je m'en allais.

— ... et maintenant, Grand-Mère et M. Morgan ne vont pas se marier, elle va entrer dans un hospice, et tout est de ma faute.

— Quel dommage ! Mais tu ne vois pas ce qui te reste à faire ?

— Bien sûr que si. C'est ce que je fais. M'en aller.

— Tu vas rentrer chez toi. Bon. Tu vas dissuader ta grand-mère de partir. Tu vas dissuader tes parents de la laisser partir.

— Je n'y arriverai pas.

— Essaie, au moins. Tu ne peux pas laisser faire ça sans tenter quelque chose. Rentre chez toi, Sheila. Essaie.

Quand je suis rentrée par la porte de service, maman m'a demandé :

— Où vas-tu avec cette valise, Sheila ? Nous t'avons cherchée partout.

— J'ai fait un poisson d'avril à Rita.

Je suis allée dans ma chambre pour défaire la valise.

Quelques minutes après, maman est entrée et s'est assise tout près de moi sur le lit.

— Dis-moi la vérité, Sheila. Où allais-tu ?

— Je ne sais pas. Je partais, c'est tout. N'importe où. Je ne voulais pas rester et regarder Grand-Mère partir.

— Ah ! a soupiré maman, tu es au courant.

— Je t'ai entendue en parler avec l'oncle Alex.

— Oh ! Sheila, je regrette que tu l'aies appris de cette façon. Je t'aurais expliqué si tu n'étais pas partie.

— Qu'y a-t-il à expliquer ? Grand-Mère s'en va, et c'est de ma faute.

— De ta faute ? a dit maman en me prenant dans ses bras. Sheila, bien sûr que non. Ce n'est pas de ta faute. Personne ne t'en veut pour ce qui est arrivé. Et tu ne dois pas t'en vouloir non plus. J'ai beaucoup parlé avec Grand-Mère. Elle désire s'en aller depuis longtemps. Les choses ne se sont pas bien passées pour elle, ici. Elle n'était pas vraiment heureuse. S'il y a quelqu'un à qui en vouloir, c'est moi.

— C'est parce qu'elle n'avait pas assez de travail à la maison. Tu ne lui permettais pas de faire les choses qui lui plaisaient.

— Ça peut te sembler ainsi, Sheila, et tu as peut-être raison. Mais quand il s'agit de ceux qu'on aime, il n'est pas toujours facile de savoir comment se comporter. Nous voulons tellement être bons pour eux que nous finissons parfois par être *trop* bons. Et c'est peut-être comme ça que j'ai agi avec Grand-Mère. Mais je veux que tu saches que, quelle que soit ma façon d'agir ou de parler, je l'aime, moi aussi.

— Alors, il n'est peut-être pas trop tard ?

À ce moment-là, j'ai ressenti tellement d'espoir ! J'allais arranger les choses pour retenir Grand-Mère.

— Dis à Grand-Mère que tout va changer maintenant. Que dorénavant elle pourra faire tout ce qu'elle voudra. Tu pourras lui confier toutes sortes de travaux pour l'occuper. Peut-être qu'elle changera d'avis et qu'elle n'ira pas dans un hospice ?

Maman s'est levée.

— Un hospice ? Mais, Sheila, qu'est-ce qui a bien pu te faire croire une chose pareille ?

— Ben, c'est bien de ça que nous sommes en train de parler, non ? Tu l'as dit toi-même. Ça n'a pas marché. Elle n'est pas heureuse ici. Elle s'en va...

— S'en aller, oui. Mais pas pour entrer dans un hospice. Elle va vivre avec oncle Alex et sa famille à Lakewood.

— À Lakewood ? Tu veux dire qu'elle n'ira pas à l'hospice ?

Maman a secoué la tête.

— Bien sûr que non.

Je me suis sentie un peu mieux. Après tout, Lakewood, c'était mieux qu'un hospice. Mais pourquoi Grand-Mère devait-elle partir ?

— Pourquoi doit-elle partir, où que ce soit ? Pourquoi ne peut-elle pas rester ici, simplement ? Avec nous. Dis-lui que tu lui confieras des travaux, qu'elle sera très occupée.

Maman a secoué encore la tête.

— Je ne sais pas si je serai capable de changer ma façon d'être. Je crois que le mieux c'est de laisser Grand-Mère décider elle-même de ce qu'elle doit faire.

Je suis entrée dans la salle de séjour. Muriel jouait quelque chose au piano. Ce n'était pas *Le Gai Laboureur*. Je me suis assise à côté d'elle et j'ai dit :

— Ce n'est pas juste.

Elle s'est arrêtée de jouer et m'a regardée.

— Il ne faut pas que nous soyons égoïstes, Sheila. Nous avons eu Grand-Mère toute notre vie. Nos cousins n'ont même pas eu la chance de la connaître. C'est leur tour maintenant.

Je savais qu'il ne fallait pas être égoïste. Mais je l'étais. Et je m'en fichais. Et puis j'étais jalouse aussi. Je voulais que Grand-Mère vive avec nous.

Je ne voulais pas qu'elle consacre son temps à mes cousins, qu'elle leur prépare des gâteaux surprises, qu'elle leur apprenne à faire des boutures de passiflore.

Quand Muriel est sortie, je me suis mise à jouer mon menuet de Bach. Mais ça ne venait pas. Alors j'ai joué quelque chose de moi. C'était doux et pianissimo et triste. Et ma musique m'a apitoyée sur moi-même. J'étais triste parce que Grand-Mère partait, j'étais triste parce que Bach avait été pauvre.

Grand-Mère est entrée quand je finissais de jouer.

— Je suis contente que tu sois revenue. J'étais sortie pour te chercher. Je voulais te parler... te dire... mais ta maman m'a appris que tu savais.

— Alors, c'est sûr ? ai-je dit sans lever les yeux. Tu t'en vas ?

— Oui, ma chérie.

— Grand-Mère. (Je l'ai regardée.) Grand-Mère, dis-moi la vérité. Est-ce que tu pars à cause de moi et de M. Morgan ?

Elle m'a prise dans ses bras.

— Non, Sheila, non. Tu ne dois pas penser ça. Jamais.

— Alors, pourquoi tu ne peux pas rester ?

Elle s'est redressée, s'est dirigée vers la fenêtre et a regardé la rue.

— Il est temps de partir, c'est tout. Il est temps de changer. Temps pour quelque chose de nouveau.

— Mais je ferai en sorte que tout aille bien mieux pour toi si tu restes. Je te le promets.

Grand-Mère s'est tournée vers moi et m'a fait signe d'approcher. Elle m'a prise à nouveau dans ses bras.

— Chère petite Sheila, tu as toujours fait en sorte que tout aille mieux pour moi. Tu le sais, n'est-ce pas ?

J'ai hoché la tête et, ensemble, nous avons regardé par la fenêtre.

Il a plu toute la nuit. Un coup de tonnerre m'a réveillée et je me suis redressée dans mon lit,

les couvertures sur la tête. En même temps que les gouttes de pluie qui frappaient les carreaux, j'entendais Grand–Mère ronfler dans le noir et soudain j'ai cessé d'avoir peur. J'ai essayé d'imaginer comment ce serait, Grand–Mère partie, son lit vide, sans elle. La peur est revenue.

Papa est entré dans la chambre, comme toujours lorsqu'il y a un orage. Il a dit très calmement :

— Sheila.

— J'ai peur, papa.

Il s'est assis à côté de moi, m'a appuyé la tête contre son épaule et a chuchoté :

— Le tonnerre ne peut pas te faire de mal.

— Je n'ai pas peur du tonnerre. J'ai peur pour Grand–Mère. Elle est vieille, papa. Quatre-vingts ans.

— Elle n'a que soixante-dix-neuf ans, tu te souviens ? Et quand on y réfléchit, ce n'est pas si vieux. Abraham a vécu cent soixante-quinze ans, et sa femme Sarah cent vingt-sept. Ça, c'est vieux.

— Oh ! papa, s'il te plaît, ne vieillis jamais. (Je me suis blottie contre lui.) Ça doit être affreux d'être vieux.

— Ce n'est pas affreux d'être vieux. Tant qu'on se sent aimé... et qu'on a besoin de vous. C'est la solitude qui est affreuse. Mais la solitude peut être affreuse à n'importe quel âge.

— Grand-Mère est aimée et on a besoin d'elle, non ?

— Pour ça, oui. Maintenant, rendors-toi, mon bébé, et ne t'inquiète pas pour Grand-Mère. Tout ira bien pour elle.

Il m'a embrassée sur le front et il est resté assis avec moi un moment. Après son départ, j'ai tiré de nouveau les couvertures sur ma tête et me suis rendormie.

Le lendemain, la pluie avait cessé. J'ai aidé Grand-Mère à faire les lits. Puis je me suis assise à table et je l'ai regardée manger son petit pain aux raisins en pensant que je ne la verrais peut-être plus jamais tremper son petit pain dans son café.

— Quand pars-tu ?

— Pas tout de suite. Dans deux semaines peut-être. Nous avons encore pas mal de temps à passer ensemble.

Après avoir fini son petit déjeuner, Grand-Mère a regardé par la fenêtre en disant :

— Une si belle journée ! Ce serait une honte de la gaspiller. Viens, ma chérie. Nous allons faire une promenade. Une belle et longue promenade.

Maman a commencé à dire quelque chose, puis elle s'est arrêtée brusquement en se détournant.

Nous sommes sorties. La chaussée était mouillée et luisante, avec des petits cercles colorés ici et là.

— Regarde, Grand-Mère, il y a des arcs-en-ciel dans la rue.

— Et le printemps est dans l'air. Tu le sens, Sheila ?

— Je veux pas que le printemps vienne. Le printemps, ça veut dire que tu t'en vas, et je veux que tu restes.

Nous avons descendu un haut trottoir et je lui ai pris le bras.

— Tu reviendras ?

— En visite – bien sûr. Pour vivre – peut-être. Qui sait ? On ne peut jamais être sûr de certaines choses.

— J'espère que tu reviendras. Sans ça tu me manqueras. Plus que les promenades du samedi quand j'allais te voir, plus que Myron et les Esquimau. Si tu vis à Lakewood, je sais que je ne te verrai plus jamais.

— Bien sûr que si, tu me verras. Tu viendras me rendre visite aussi. Tu viendras tous les étés pour aider à la ferme. Et entre chaque été je penserai à toi, j'aurai mes photos, et mon bel album tout neuf.

— Et ton fauteuil.

— Non, pas mon fauteuil. Je le laisserai ici – pour toi. Tu découvriras qu'il possède un merveilleux secret.

— Vraiment ? Quel genre de secret ?

— Si je te le disais, ce ne serait plus un secret. Mais tu le découvriras toi-même, si tu cherches bien.

J'aurais voulu voler pour rentrer à la maison et découvrir le secret du fauteuil, mais Grand-Mère semblait impatiente d'aller au bout de sa promenade. Alors, bras dessus, bras dessous, nous avons longé la rue lentement en passant devant la poissonnerie de la vieille dame et les *Antiquités J. Morgan*. Grand-Mère a jeté un coup d'œil rapide à la boutique et s'est détournée. Nous avons continué à marcher jusqu'aux *Mille et un parfums*. Je me suis arrêtée pour regarder les cartes dans la vitrine, énumérant tous les nouveaux parfums. Glace aux fruits de la Passion. Il faudra que j'essaie, la prochaine fois.

Plus loin, il y avait le bazar. Lorsque nous y sommes arrivées, Grand-Mère a voulu entrer pour acheter quelque chose. J'allais la suivre, mais elle m'a arrêtée.

— Non, laisse-moi y aller seule.

D'accord. Elle voulait peut-être acheter quelque chose d'intime et préférait que je ne voie pas. Elle avait peut-être besoin d'Efferdent. J'ai donc attendu dehors. Quand elle est sortie, elle portait un paquet brun. Elle a dit :

— Ça fait aussi partie du secret.

L'heure d'aller au lit maintenant. Je suis assise dans le fauteuil de Grand-Mère en faisant semblant d'avoir cent vingt-sept ans – comme Sarah – et comme si c'étaient mes dents qui se trouvaient dans le verre sur le rebord de la fenêtre. Un de ces jours, avant le départ de Grand-Mère pour Lakewood, je m'approcherai de ces dents pour les regarder dans les yeux – juste pour me prouver que je peux le faire.

Les passiflores sont toujours sur le bord de la fenêtre. Je donne la mienne à Grand-Mère et elle me laisse toutes les siennes. Elle dit qu'elles m'aideront à me souvenir d'elle. Comme si je pouvais l'oublier.

Le secret du fauteuil, je l'ai déjà trouvé. Il m'a fallu toute une journée pour le découvrir. Les bras du fauteuil ne sont pas de simples bras ordinaires, épais et laids. Ils sont épais et laids, mais de façon spéciale. Le dessus de chaque bras glisse et révèle une cachette merveilleuse à l'intérieur. Et ce n'est pas tout. Quand j'ai regardé dans les deux cavités, l'une d'elles était vide. Mais dans l'autre il y avait un cahier bleu à spirale, tout neuf. Ce n'est pas un cahier ordinaire parce que, sur la couverture, écrit au crayon d'une écriture tremblée, il y a marqué : *Le Journal de Sheila*. Alors je pense que je vais écrire mon journal, après tout. Il sera très intime et très créatif. Et je le cacherai dans le fauteuil, où personne ne viendra le chercher. Pas même Grand-Mère, je le sais, puisque c'est elle qui m'a donné cette cachette.

Peut-être même que j'écrirai sur Grand-Mère. De cette façon, je la garderai avec moi quand elle sera partie. Oui, je pense que c'est ce que je vais faire. C'est déjà un commencement.

TABLE DES MATIÈRES

Castor Poche

Des romans pour les grands

TITRES DÉJÀ PARUS

Castor Poche

L'ancêtre disparue

LORRIS MURAIL

« – *Tiens, c'est marrant, il y a un trou. On dirait que la photo a été découpée. Oh ! là aussi.*
Les trois enfants se penchèrent sur l'album avec une curiosité toute neuve. Le phénomène se reproduisait à plusieurs reprises. »

En mettant le nez dans le coffre des archives familiales, Marinette, Arthur et leur cousine Corinne font une étrange découverte : quelqu'un a fait disparaître toute preuve d'existence d'une mystérieuse aïeule !
Les enfants s'intéressent alors de plus près à leur arbre généalogique : leur enquête les mènera sur la piste d'un secret de famille soigneusement gardé...

Castor Poche

Un hiver aux Arpents

ALAN WILDSMITH

« *Il avait dû neiger encore durant la nuit : il semblait y avoir maintenant presque un mètre de neige sur le sol. La pensée me vint soudain que nous n'irions pas à l'école. Ni aujourd'hui, ni sans doute demain. Ni peut-être pendant des semaines. Youpi !* »

L'enneigement est si important cet hiver aux Arpents que John, David et Paula sont obligés de rester chez eux. Ce serait le rêve... si leurs parents n'étaient pas coincés en ville... avec les provisions ! Leur ami Joe l'Indien doit donc affronter les intempéries pour aller chercher de quoi manger, laissant les trois enfants livrés à eux-mêmes. Tandis que, dehors, les loups hurlent de faim, ceux-ci attendent en vain son retour...

Castor Poche

Le libre galop des pottoks

RÉSIE POUYANNE

« *Pampili ne peut pas croire ce qu'il vient d'apprendre: il y a encore des chevaux préhistoriques au Pays basque... Ils galopent toute l'année dans les landes désertes... Libres! Pampili donnerait n'importe quoi pour s'approcher d'eux.* »

Pampili n'a qu'un rêve : apercevoir les pottoks, ces mystérieux chevaux sauvages qu'il entend galoper dans la nuit. Un jour, enfin, en compagnie de son ami Manech, il rencontre ces fiers animaux. Mais un orage éclate, et l'une des pouliches, prise de frayeur, tombe dans un ravin et se blesse. Les deux garçons vont tout faire pour la sauver !

Castor Poche

Imprimé à Barcelone par:

BLACK PRINT

Composé par Nord Compo Multimédia
7, rue de Fives, 59650 Villeneuve-d'Ascq

Dépôt légal : mars 2013.
N° d'édition : L.01EJEN000705.N001
Loi n° 49-956 du 16 juillet 1949
sur les publications destinées à la jeunesse